イーディス・パールマン
Edith Pearlman

古屋美登里＝訳

幸いなるハリー

Blessed Harry

亜紀書房

幸いなるハリー

Index

介護生活——5
救済——27
フィッシュウォーター——47
金の白鳥——69
行き止まり——93
斧が忘れても木は忘れない——125
静観——157
花束——189
坊や——205
幸いなるハリー——229

訳者あとがき——258

介護生活

Assisted Living

イェフジンは、なんてひどい男だろう。革の戦闘服を着て、巻き舌でRを続けて発音し、頭に載っている丸い形をした灰色の髪は鬘《かつら》さながらなのだが、浮気者のこの男が宝石をよく見ようと顔を近づけてくるたびに、ピンク色の頭皮から生えている毛髪が目に入るので、レニーにはそれが鬘ではないことがわかっていた。二重の裏切りを働いている男だ！　それに、イェフジンはちょっと変わった職業に就いていた。三階の茶色のオフィスで、ニコチンやスクラッチくじから足を洗うことのできない依存症の者たちを、催眠術と熱弁を駆使して治療している。「とってもきのお薬」とウィンクしながら言った。患者の大半は手強い悪習から脱しはしたが、その代わりに別の新しい習慣にはまっていった。女性の患者に接するとき、まずはその手を取ってキスをする。それから顔を上げ、会ったばかりなのに物狂おしいほどの思いを抱いてしまったんですよ、と訴えるような笑みを浮かべてみせる。こういうことはツルゲーネフの作品ではしょっちゅう起きる。彼の変色した歯を見ると人は嫌悪よりも同情を抱いた。そして、借金まみれの男だった。レニーが受け取った借用証書の合計金額は千ドルに達した。とうとうレニーは、その支払いが済むまでイェフジンが愛人のために求める素晴らしい白鑞《しろめ》のブローチやブレスレットを売らないことにした。そして妻のヴェラに贈るために求めるヴィクトリア朝時代の繊細な指輪も、レニーは売るのをやめた。ほんとに悪い男。

ときどき、イェフジンはヴェラを「忘れな草」に連れてきて、繊細な指輪をはめさせた。ヴェラは髪を染めた大柄な女性で、石榴石《ガーネット》のような目が肉付きのよい顔に居心地良さそうにおさまっていた。薬指用の指輪が小指の関節をすんなり通らなかったので、サイズを大きくしなければならなかった。イェフジンは肥満した連れ合いを溺愛していた。愛人のほうも溺愛していて、エナメルの鸚哥《おうむ》と、金の板がダイヤモンドで繋がっているブレスレットを買った。そして今日は、アメジストの花束のブローチを求めた。

「ヴェラには内緒だよ」イェフジンは借用証書を書きながら言った。

わざわざそんなことを言わなくてもいいのに。レニーは顧客の私生活について口外しないことを誇りとしていた。イェフジンはレニーの手の甲にキスをして走り去った。

レニーはこの悪党を気に入っていた。もっともレニーは、マサチューセッツ州ゴドルフィンのこのアンティーク・ショップにやって来る大半の人を気に入っていた。エドワード朝時代の小机に魅せられる人たちが好きだった。そういう人たちは、店の奥の三段の階段を弾むように上がり、大きなアーチをくぐって、調度品が揃っている天窓のある秘密の部屋へ入っていった。まるで恋人と逢い引きするかのように。経営アシスタントなんです、と自己紹介する事務員のことも好きだった。昼休みにやってきては、とても手が出ないネックレスを身につけてから、がっかりした様子で別のものに手を伸ばし、決して身に飾る機会などないブローチを買った。なにも買わないで噂話ばかりする人たちのこともレニーは気に入っていた。腰の高さまである宝飾ケースの向かい側に置かれた縞柄のふたり掛けのソファに腰を下ろし、ケースの奥にいるレニーにいろいろな話をした。失敗を打ち明けるつもりで自慢ばかりする卸業者のことも好きだった。物を所有したがる度《ど》しがたい人たちのことも嫌いではなかった。物を買うことだけで生活している人たちは、次から次へと高価なものを手に入れてその人生を満たしていた。しかしそうした人たちの熱狂ぶりには、あまりいい気持ちがしなかった。もしかしたらイェフジンのように、そうした依存症患者を叱って欲望を鎮めるという仕事を副業にしたほうがいいのかもしれない。「この白鑞の蠟燭など、あなたにはまったく不用です」と切羽詰まった口調で言うのだ。「先月、真鍮の蠟燭を買ったばかりじゃありませんか」と。でも、自分の商売を否定するなんておかしい。欲望を叶えてあげるのがレニーの職業なのだから。

マフィー・ウィリスと夫のスチューは、週に二回は店にやってきた。長い結婚生活を送っている数多《あまた》の夫婦と同じく、ふたりは兄妹のようにそっくりだった。ふたりとも背が低く、薄くなった髪はワセリン色で、古めかしいツイードの上着と砂色のカシミアのセーターを身につけていた。スチューのセーターの襟元から白っぽいシャツが二、三センチ覗いていた。マフィーの襟元にあるのは真珠のネックレスだ。眼鏡のフレームはとても細く、老いても皺のない肌に鉛筆で描いたかのようだった。体重はふたり合わせても九十キロに満たなかった。

四半世紀前、スチューの所有するPR会社がかなりの収益を上げた。しかしマフィーが調度品や絨毯、宝飾品、それに面白味はないが値だけは張る衣類を買い集めることができたのは、父親の遺産のおかげだった。スチューは寡黙だった。マフィーはさらに寡黙だった。スチューは気候のことで一言二言述べることもあったが、たいていはポケットに両手を入れたまま、マフィーのひそやかな求めに応じてレニーが宝飾品をカウンターに出すのをじっと見つめた。そしてマフィーの声は、声という類いのものではなかった。まるで、かつて首を絞められて殺されそうになり、言葉を喋らずにいるという条件付きで生きることを許されたかのようだった。

レニーは、ある家の遺品売却でダイヤのブレスレットに目をとめたときすぐに、マフィーなら絶対に気に入ると思った。その四連のブレスレットは、正方形にカットされたダイヤモンドがそれぞれ横と裏と正面にきちんと配置され、高価な一組のミュールのようだった。翌朝レニーがマフィーに電話をすると、半時間もせずに夫妻はレニーの店にやってきた。ふたりは驚くほど痩せていた。ダイヤのブレスレットはマフィーの悲しそうな手首から重そうに垂れた。「あら」とマフィーはか細い声で言った。

マフィーが外したブレスレットがスチューの掌《てのひら》にあった。ダイヤモンドのブレスレットと似ていたが、そちらに付いているのはエメラルドだった。彼はそれを上げたり下ろしたりした。「スチュー」マフィーが小声で言った。彼女が使う数少ない言葉のなかに「スチュー」もあった。「見て、スチュー」

彼はそのダイヤモンドに、凝視でも一瞥《いちべつ》でもない視線を送った。「いいね」

「しばらく、これを着けていてもいいかしら、レニー」

「もちろんよ」

「どのくらい?」スチューが妻に尋ねた。

「美味しい昼食をとってきて」

それでスチューはエメラルドのブレスレットをポケットに入れるとぶらぶらと歩いて店を出ていった。痩せ細った体に流行遅れの格好で。しかし、彼の足取りには伊達男の軽やかさのようなものがあった。

マフィーが縞柄のふたり掛けのソファに移動したので、レニーは言葉少ない会話をする心の準備をした。マフィーは、本当にこの品が自分に合うかどうか声に出して言うことがよくあった。もちろんそのブレスレットは、野菜洗浄用ブラシにはふさわしくないように、彼女にもふさわしくなかった。何が彼女にふさわしいのかがわかる人はいなかった。彼女を元気にできるものは、輸血にパーマに幼児だった(彼女のひとり娘は未婚で、カリフォルニアで暮らし、年に二回戻ってきて、短いあいだ滞在した)。そして関心の持てるものを何か見つけることだ。なんでもいい、庭仕事でも、ブリッジでも、犯罪小説でも、犯罪そのものでも……。「このデザイン、退屈かもね」とマフィーはかすかに聞き取れる声で言った。

「そうかもしれないわね」とレニーは言った。

顧客が——常連さんやたまに来る人、一見《いちげん》さんなど——店に入ってきては出ていった。品物を買おうと残る人もいた。レニーは上等な指輪、作りの粗いリモージュの箱、デミタス・カップ用の一揃いのスプーンを売った。マフィーは客のひとりから別のひとりへ視線を移し、ブレスレットを着けた手を膝の上から動かすことはなかった。レニーが客とやりとりをしていると、マフィーは小声でなにか呟いた。観る価値のない映画のことを小耳に挟んだ。だれかが見る必要のない番組について話していた。わざわざ行くまでもないレストランで食事をした、という話も聞こえてきた。ウィリス夫妻は土曜日が来る度に、ひとりで、あるいはふたりで、新しいレストランに行って食事をした。平日の六夜は、夫婦で、あるいはひとりで、マフィーの育った邸宅からジェファーソン街まで歩いていき、「タバーン」で食事をした。その日のスペシャル料理を注文し、スチューはワインを一杯か二杯飲み、マフィーは水を飲んだ。「タバーン」はかつて教会だったので、堂々としたステンドグラスの窓があった。常連客は大学関係者に、近くのボストンの病院の手術着を脱がずにくる若い医師たち、そして独身女性たち——若い人、もう若くない人、だれが見ても年を取っているとわかる人——だった。レニーは、アールデコの宝石コレクターで友人でもあるエリッサ・オルブライト医師と「タバーン」で食事をすることがよくあった。イェフジンとヴェラもその店を贔屓《ひいき》にしていた。そして土曜日以外の平日には決まって、色彩豊かで騒々しいその店のテーブルに寡黙なこの夫婦が着いていた。

「このブレスレットはちょっと幅が広すぎる」マフィーが口を利いた。

「そうね」とレニーは応じた。

「これを買えば、パパの遺産を使い果たしちゃう」

レニーはなにも言わなかった。

しばらくしてマフィーが言った。「ダイヤモンドってお金みたい」

さらなる沈黙。

「お金にしては重すぎるかもね」

「そうね」

スチューがようやく昼食から戻ってきた。そしてマフィーの手首をつかんで持ち上げた。「ふーん」と彼は言った。

夫妻はそのブレスレットを買った。

しかし買ったのはブレスレットだけではなかった。遺産の最後の買い物には、店への参加権まで含まれていたかのようだった。毎朝スチューは、ふた部屋からひと部屋になったばかりのオフィスへ向かう途中で、保育園に子どもを預けるように、レニーの店の前でマフィーを降ろした。レニーは熱心に仕事をしているふりをした。マフィーは午前中、宝飾類やスタッフォードシャーの磁器やティファニーのランプを丹念に調べて過ごした。ペンシルベニアの机に隠されている秘密の引き出しを探した。一日中店にいることもよくあった。レニーの誘いには、「いいのよ、レニー。わたし、昼食を食べたことがないの」と応じた。何時間も物思いに耽ったあとで、銀器のほうに体を向けた。まるで最後までとっておいたケーキであるかのように。花瓶と大皿とお茶のセットがガラスのはまった棚に飾られていた。浅い引き出しのなかにはナイフやスプーンなどがたくさん入っていた。ある午後のこと、「とうとうアシスタントを雇ったんだね」とギャズビーさんが言った。彼は気圧計を見に立ち寄ったのだ。レニーが問いただすように眉をくいっと上げると、ギャズビーさんはその顔を、スプーンを持って引き出しの前で跪《ひざまず》き、スプーンに刻まれたアラビア風の模様を夢中で記憶しているように見える小柄な人影に向けた。

ある意味ではギャズビーさんは正しかった。マフィーは毎日のように柔らかな布と銀磨き粉を持参し、三脚台とフォークを磨くと、店の隅に新聞を敷いてその上に置いたエナメルの斑《まだら》模様《もよう》の洗面器のなかにそれを入れた。その洗面器を持って三段上って天窓のある奥の部屋へ入り、中国の屏風で隠されている扉を開け、洗面所でそれをすすいだ。戻って来ると、三脚台とフォークはきらきらと輝いていた。

ある夜、「タバーン」でエリッサ医師がレニーに老化について説明した。「いいこと、あなたのような老婦人はね、細胞がしでかすことには耐えられるの。医者の治療にだって耐えられる。でも最初の足の踏み外し、最初の足の捻挫。これが、つまり終わりの始まりってわけ。そのあと回復しているように見えても、実は衰弱していってるの。ベッドで休むのは棺に横たわるための準備ね。再び災難に見舞われ、さらにまた災難がやってくる。老いる体では骨を修復することができない。それからひたすら崩壊へと向かい、最後には滅んでしまう。だから、どんなに――」

「エリッサ、お願いだからもう……」

エリッサはビールをぐびりと飲んだ。七本の細長いピンブローチが広い胸の上で輝いていた。「このどれもあなたにはあてはまらないわ、レニー。あなたは永遠に生きる。わたしたちにはあなたが必要だもの」

マフィーが「忘れな草」で転倒した。天窓のある部屋はその日、広々としていた。というのも、めったに品物を買わないフォーテスキュー夫人が、この日のうちにダイニングテーブルと六脚の椅子を購入し、運び出してしまったからだ。息子への三度目の結婚祝いということだった。「高級な調度品は強い絆をもたらしてくれるのよ」と希望に満ちた夫人はレニーに打ち明けた。それで家具がなくなった場所で、ギャズビーさんの孫息子たちが段ボールの剣で斬り合って遊んでいた。マフィーが洗い終わった銀のティーポットを持って重い足取りでそこを通ると、子どもたちは脇に寄った。でもマフィーは子どもたちに気を取られたのかもしれない。ともかく、彼女はいちばん上の段で足を滑らせ、体をのけぞらせたまま、残りの二段に足がつかず、爬虫類革の靴から店内へと滑るように落ちて横たわった。コーヒーポットは持ったままだった。少しも音がしなかったので、ギャズビーさんの孫たちは普段とは違う階段の降り方に気づかなかった。俯《うつむ》いて印章付き指輪をいじっていたギャズビーさんとレニーも気づかなかった。店に入ってきたスチューは、階段の下で彼を迎え入れるかのように両脚を広げて横たわっているマフィーを見た。その後ろ、というか頭上では、剣闘が繰り広げられていて、剣を突いたりかわしたりする子どもたちの姿がアーチの下で見え隠れしていた。「マフィー」スチューは責めるような口調で言った。

ギャズビーさんの目が指輪から離れ、静かに横たわる人物のところに彼は跳んでいった。次にレニーが跳んでいった。スチューは三番目だった。

「動かしてはだめ」とレニーが言った。

「痛みは？」とギャズビーさんが言った。

「わたしの妻が」スチューはそう言うと、コーヒーポットを取り上げてそれを彼女の足下に置いた。

子どもたちは動きをやめていた。「ぼくのせいじゃないよ」とひとりが言った。だれのせいでもない、と思いながらレニーは救急車を呼んだ。これがエリッサの言っていたことなんでしょう？　マフィーは、スチューがその手をつかむまでずっと両手の指をひらひらと動かしていた。

彼女は一週間入院していた。足の小さな骨が折れていたのだ。さらに、身体が衰弱し、貧血気味であることもわかった。救急車で自宅へ運ばれた。手際のよい屈強な男性ふたりが、ストレッチャーを狭い階段の上まで運んでいった。玄関ホールでそれを見守っていたのは、スチューとレニーだった。スチューに、いっしょにいてくれと頼まれたのだ。「あなたはマフィーの親友だから」と。レニーは顔を背け、その瞬間に味わった驚愕と嫌悪とを隠した。

レニーはこれまでに二回、夫妻の自宅を訪れたことがあった。一回目は、牛と泥ばかりのフランスの風景画を掛ける場所を相談されて。二回目は、修理した壁時計を届けるために。二回の訪問で、階下がひどく暗かったことが印象に残っていた。楡樅《にれもみ》の木が家の正面と両側に、家を縁取るように立って光を遮っていたからだ。素晴らしい調度品はどれも暗がりにあった。しかしこの日、二階に向かうストレッチャーの後に続くスチューの後をついていくと、明るい風通しのよい寝室があった。天井まである窓は楡樅より高く、そこから五月の柔らかな空気が入ってきていた。夫妻の四柱式寝台と向き合うように、チッペンデール風の箪笥があり、それがあまりにも貴重な作品で、しかもぴかぴかに磨かれていたので、レニーは思わず若い夫婦たちが天井に張る鏡を思い浮かべた。

屈強な男たちは部屋から出ていくとき、スチューの前をゆっくりと静かに通っていった。レニーは二枚の十ドル紙幣を持ってふたりの後を追った。部屋に戻ると、皮膚の色が枕よりも白いマフィーが、鎮痛剤を、と言った。スチューは、ジャマイカ人の家政婦が持ってきた非常に美しい二本のスプーンのあいだで錠剤を砕いた。マフィーは切子のグラスで水を飲んだ。「スチュー、どこかで美味しいお昼を食べてきて」

「でも、おまえ……。だってレニーが……」

「呼び鈴を鳴らしたらアグネスがサンドウィッチを作ってくれる」とマフィーが言った。ベッド脇の小さなテーブルに陶器の呼び鈴が置いてあった。それで家政婦と夫は部屋から出て行った。

「レニー、わたしね、持ち物の一覧表を作らなければならない。ずっとそう思っていたの。病院では……そのことばかり考えてた」。今回は口数が多かった。さらにマフィーは話を長引かせ、ウォークイン・クローゼットを開けて中になにがあるか教えてほしい、とレニーに頼んだ。レニーはその言葉に従った。鰐皮の黒いパンプスが二足。鰐皮の茶色のパンプスが二足。茶色のオックスフォード靴が二足。ミスター・アンド・ミセス・ペニーのローファー靴が一足——このペニー夫婦の靴は、五十年前に大流行したにちがいない。

何十枚ものスカートはそれぞれがわずかに質の違うツイードでできていた。それからセーター類も何十枚とあり、ヴァニラ色からぱっとしない薄茶色までのさまざまな色が並んでいた。肩幅の広い丈夫な毛皮のコートが何着もあり、それはビニールのケープに包まれていた。「次は箪笥を開けて。引き出しのついたスティーヴン・バドラム（十八世紀イギリスの家具職人）の箪笥よ。いちばん下から開けていって」マフィーは弱々しい声で言った。ふたつの引き出しには、メモ帳のように四角く畳まれたシルクの下着が入っていた。スリップ、キャミソール、ベージュ色のシルクのスカーフがきちんと整理されていた。次の三つの引き出しには手袋と靴下、小さな白いブラウスが入っていた。レニーは淡々とその特徴を述べた。上から二番目の引き出しには真珠のネックレスだけがあり、それぞれが真珠色の蠟燭で区切られていた。なんて賢いやり方。そしてようやくいちばん上のいちばん狭い引き出しだ。レニーは、螺鈿《らでん》の施されたマホガニーの丸椅子の上に乗って、その引き出しを引っ張った。ここにはなにがあるの？　金庫に入れるような高価なものに違いない。

　そこには靴の箱があった。靴の箱のなかに高価なものがあった。ダイヤモンドにエメラルドにルビー。ネックレスにブレスレットに指輪。非の打ち所のないほど退屈なデザインだがとても素晴らしい品物だ。高級宝石店で購入したものもあれば、「忘れな草」で買ったものもある。どれもクロッカスの花のように代わり映えがしない。レニーはマフィーのため息を感じた。その靴箱をベッドの上に置いた。マフィーはその宝石をひとつまたひとつと手に取り、それから元に戻した。心のなかにあるリストと照らし合わせるかのように。この差し迫った在庫のチェックに紙や鉛筆はいらなかった。ようやくマフィーは靴の箱の蓋を閉めた。「明日、アグネスと協力してわたしを階下へ連れていって。そうしたら家具類や銀食器を調べるから……」彼女は眠りにつきそうになっていたが、それでも手を挙げ、レニーに靴の箱を元の場所に戻すように合図した。

これで帰ってもよかった。下へ行ってアグネスにさよならを言い、家を出て春の午後のなかへ出ていってもよかったのだ。そうすれば店に戻って気に入った品物に囲まれていられる。そのなかには変わったものもある。最近買った妖精パックのブロンズ像や、長い注ぎ口のある真鍮の優雅な水差し、壺、細いシリンダーのなかに入ったミニチュアの擂《す》り粉《こ》木《ぎ》。この不思議な品は自称トルコ人の男から買った。店へではなく、家へ帰ってもいい。

しかしレニーは帰らず、マフィーの親友としてベッドの端に座った。マフィーの浅い呼吸に耳を傾けているうちに、自分の体のなかに湿った温かなものを感じ取った。まるで内出血をしているような感じだ。妬みだろうか。甘やかされて育ったマフィーは、自分の望むものがわかっていて、それを手に入れてきた。そんな人はそうめったにいない。そしてマフィーが愛情を注いだ宝飾品は、信頼に足るもの、疑いを知らないものとしてそこにあり続けることでその愛情に応えた。長いあいだこらえていたものが、ベッドの端に座っている有能な女性の内側から急に噴き出してきた。この女性は、自分で売り買いしている品物を愛してはいなかった。人を喜ばせているが、人を愛してはいなかった。「あなたは永遠に生きる。わたしたちにはあなたが必要だもの」とエリッサは言った。永遠に思えるだけなのに、とレニーは思った。そしてベッドの柱にもたれると、口元が緩んだ。

スチューが寝室に入ってきて咳払いした。そして妻を見て、「いまも素敵だろう？」と言った。

マフィーはその夜ベッドから転がり落ちた。腕を折った。病院からリハビリテーション施設へ行き、そこから老人ホームに入った。ホームでも彼女は、介護士が気を逸らした一瞬に床に落ちて、今度は腰骨を折った。そしてまた病院に戻り……。

スチューは家とマフィーのいる場所とを何度も往復した。マフィーはレニーに耳打ちした（レニーは見舞った、見舞い続けた）。スチューが来ない時間が長くなっている、と。

スチューはオフィスを閉め、滞納した家賃を払うためにレニーの同業のひとりに銀器を売った。「あれはたいした値段にはならないと思ったから、溶かすことにしたよ」とその同業者からレニーは聞いた。マフィーの家を買ったのは爽やかな若いカップルだった。このふたりは、離婚するまでに内部をすべて破壊してしまうだろう。

「なかにあるものは全部オークションに出すつもりだ」と、ある日スチューがマフィーの部屋の外でレニーに言った。「その前に、気に入ったものを持って行ってもらおうと思ってね。買い取ってほしい、という意味だけど」

レニーが選んだのはわずかなものだった。全面がニードルポイント刺繍で覆われた椅子、十八世紀の裁縫箱、そしてダイニングルーム用のテーブルと椅子のセット。「それを使ったことなんかなかったよ」とスチューは言った。「『タバーン』の食事が好きだったからね。私の新しいアパートメントは『タバーン』のすぐそばなんだ」。このテーブルと椅子は、「忘れな草」の天窓の下で輝いて見えた。

イェフジンはすぐに裁縫箱に興味を抱いた。「ヴェラがきっと気に入るぞ」と言って、ピンク色の宝石が放射状に並んだブローチを退けた。しかし裁縫箱は、たとえクレジットカードで支払うにしても、とても値の張るものだった。とうとう彼は、そっちのトルコの道具を見せてくれと言った。

「このランプのこと？」レニーが訊いた。相手が妻であろうと愛人であろうと、贈り物にするにはそぐわないものだった。

「それはランプじゃない。阿片の吸引パイプだよ」イェフジンは言った。「窓辺の植木箱で罌粟《けし》を育てることにする」彼は現金で払い、頭を下げてレニーの指にキスをすると、次に二十ドル紙幣の束にキスをした。

　競売屋が調度品や絵画を持っていく前に、レニーとアグネスは靴やセーター類、スカートや下着類をいくつもの箱に詰め込んだ。そうしたものはすぐに、地元のホームレス専用施設にいる小柄な人たちの身を飾ることになるだろう。アグネスがその箱を階下に運び、出て行った。レニーは真珠類をシルクの袋に入れ、箪笥のところに螺鈿の丸椅子を持って行き、靴の箱を下ろした。

　しかし、蓋を開けることはしなかった。その重さから、すでに宝石の半分がなくなっていることがわかった。寝室の戸口が軋む音がし、振り向くと、そこにスチューがいた。ツイードの上着姿で戸口の柱によりかかり、薄い唇の端が笑みを浮かべるように上がった。恥ずかしさからなのか、あるいは誇らしさからなのか。いずれにせよ、冷淡なものだった。この半人前の男を魅力的だと思う者がいるだろうか。ああ、そういえばそういう人はいる。そういう人がいた。ちょうど昨日、レニーがずっと使っていた世にも不格好なランプを買って、大切そうに持ち帰ったカップルだ。レニーは用心しながら丸椅子から下りると――骨がみしみしと鳴り出しそうだった――真珠の入った袋と中身の半減した靴の箱を親友の夫に手渡した。

救済

Deliverance

採用委員会には、三人の職員と、自分をスティーヴと呼んでほしいと言う理事会の導師《ラビ》スタールが参加したが、この四人ともが求職者の容姿に戸惑いを覚えた。ドナには皆がまごついているのがわかった。求職者の名前はミミといった。立派な髪は水晶色に染められていた。昔の映画狂なら「プラチナ・ブロンド」と呼ぶ色だ。紅の塗られた唇の端を大きく上げて微笑んでいる。地下の広々とした食堂を横切ってこちらへ歩いてくる彼女はとても美しかった。応募カードには、離婚経験者で成人した娘が三人いると率直に書いてあった。とても若いときに子どもを産んだに違いない。長いスエードのコートを着て、かかとの高いブーツを履いている。プラチナ色のボブカットの上に毛皮の縁なし帽が載っている。

着ているもので人の判断ができないことは職員たちにはよくわかっていた。「ドナの台所」のいちばんおかしな利用者というのは、寄付された衣類の山をあさって服をいくらか選び出し、どこかの会社社長そっくりな格好をしたり、上品な言い方をすれば、高級娼婦そっくりな格好をしたりした。ところがこのミミという女性は、見惚れるほどシックで、美しい心の持ち主のように思われた。

長いテーブルに並んで座っている採用委員たちは順番にミミに説明した。この施設について（「生活に困窮した女性とその子どもたちのための無料食堂です」）、仕事の内容について（「食事を作り、トイレの詰まりを直し、ボランティアの人たちを監督し、親しく交流すること」）、そしてこの地下室の所有者にあたるユニタリアン教会との、ときには気詰まりな関係についても話した。

新しく入るスタッフの特殊な仕事を説明するのはドナの役割だった。「わたしの赤ちゃんが三カ月後に生まれたら、産休に入っているけれど週に一日はボランティアとしてキッチンで働くつもりです。わたしの代わりにここにいるパムが」そう言うと愛情のこもった表情を浮かべた。「経営面と資金調達の仕事をやってくれることになり、パムのしていた資源調達係の職が空くことになりました」

「支給物資をせがみ、寄付金をせしめ、食材を安く手に入れることが仕事」とパムが説明した。「無料で仕事を引き受けてくれる配管工たちに、ちょっと色目を使ったりもするわね」

　黒いまつげの下にあるミミの目は青かった。「レストランにお願いにあがるんですか？」

と彼女が訊いた。

「ええそうよ」

「フライトを終えた旅客機には未開封の機内食があって、その引き取り手がいないのですが、それについて考えたことはありますか」

　その可能性については考えもしなかった。

　ミミはかつて子ども専門病院でボランティアとして働いていた。ちょっとした大工仕事もこなした。本人がにっこり笑いながら認めたところによれば、その辺の料理人より腕は確かだった。彼女の帽子はいまや膝の上にあった。ミミの質問は、喧嘩し合う利用者たちと、従業員の過労についてだけだった。「わたしは携帯電話を持ちません」と面接の終わりに彼女は言った。車を持っていないことはすでに明らかにしていた。

「やり慣れた方法で連絡してください」とラビは笑みを浮かべて言った。

　ミミは晴れやかな笑みをラビに返した。「それにわたし、古い箒の柄に乗って旅行するんですよ、ご存じでしょうけど」彼女が帽子を手にして、落ち着いた足取りで去っていくと、後ろ姿のつややかな髪が輝いた。

「彼女、絶対にジーンズを持ってる」とドナは言った。

「気に入ったわ」ほかのふたりの職員が口を揃えて言った。

ラビは肩をすくめた。「そりゃそうでしょう。あの帽子を見て、私は祖母の帽子を思い出しました。祖母はブルックリン生まれの感情的な人でしたけれど。動物の毛皮が精神の安定には欠かせないと言ってましたね」

「あれはミンクに似せたフェイクファーじゃないの？」パムが不安そうに言った。

「本物のセーブルの毛皮よ」ドナが言った。「ミミさんは動物の権利擁護については知らないのね。それに、貧しい人たちと付き合った経験はないみたい。精神の不安定な人や虐待された人とかかわった経験もないのね」

そういう経験はない。しかしドナは、慈善家ぶった人や精神衛生に口を出すおせっかいな人などの、変わることを無理強いする人たちから身を隠す場所を利用者たちに提供したいと思っていた。「ドナの台所」で昼食をとる女性は悪習に浸ることはできないが、その悪習をやめろとしつこく説教されることはない。ここでは腹いせに人を殴ることはできないが、暴力は悪だと主張する声に悩まされることもない。トイレに靴下を流すことはできないが、低い声が出る限りずっと、靴下に含まれる放射性物質について友人に気をつけるように言い聞かせることができる。つまり、ここでは自分らしくいられるのだ。

採用の審議にあたって、ミミのもっとも強力なライバルがふたりいた。ひとりは教会の聖歌隊で歌を歌っている明るい肌の黒人女性で、多くの孫のおかげでこの通りでは知恵袋のような存在だった。もうひとりは州の革新派の上院議員の顧問を務めていたソーシャルワーカーだ。ふたりとも採用委員を納得させるに十分な資格があった。しかしドナたちは、ひとり目の女性には懲罰的な傾向があることに、そしてふたり目の女性にはいささか独善的な面があることに気づいていた。ミミは人々のために献身的に働きたいと思っているが、人々を改善させたいという思い上がった気持ちはないようだ。「彼女はそういう思いは帽子の下に上手に隠しておけますよ」ラビがため息をついた。「歌の上手な祖母には和まされました」それからラビはミミの採用に同意した。

「同意してくれてありがとう」ドナはそう言うと、「スティーヴ」と付け加えた。

初めからミミには、ドナが採用したことを後悔するような面がひとつも見当たらなかった。確かにミミは、プロのシェフより料理が上手だった。魚市場から腐る一歩手前のわずかな量の鱈《たら》をもらい受けて、それでたっぷりの量のチャウダーの素を作った。「全部捨ててください」とミミは残ったチャウダーを冷蔵庫にしまおうとするボランティアに言った。「明日になってそんなものを食べたら、日が暮れる前にみんな死んでしまいます」ミミはラム肉の切り落としでシェパーズ・パイをたっぷり作ることができた。「じゃがいも。あなたに必要なのはじゃがいもです」ミミは目映《まばゆ》い笑みをドナに向けて言った。「わたし、じゃがいもからデザートを作れるんです。ちょっとばかりウィスキーを入れたシェイクも。わたし、アイルランド人の血が入ってますから」

「コルドン・ブルーで修業した人の血も入ってるわね」ドナが言った。

「ロマの血も少しばかり。何分の一か。わたし、馬泥棒の末裔《まつえい》なんですよ」

おそらく、ミミはかなりのやり手だ。衛生局が、調理員には手袋着用が必須と命令を下すと、ミミは歯科用品を扱う会社から手術用手袋を十二ダースもらってきた。ニューハンプシャーのレストランが倒産すると聞くと、ラビのスティーヴの車を借りて北へ向かい、帰ってきたときにはステンレス製の食器類のセットを破格の安さで手に入れていた。街でガレージセールがあればどこへでも飛んでいき、たった二十五セントで欠陥のあるボードゲームを買ってきた。何週間かかけていろいろな種類のボードゲームを集めると、雨の金曜日に来た利用者に声をかけ、ゲームの足りないパーツを作ってもらった。その日の終わりには、モノポリーが三セット、クルーが二セット、コネクト・フォーが二セット、チェッカーズは数え切れないほど完成していた。利用者の女性たちが作業をしているあいだ、ミミはレゴを入れる箱を組み立てていた。膝丈ほどの箱で、仕切りがたくさんあった。それぞれの仕切りの上半分はナイロンでできていて、そこに、2×8、8×8、平たいピース、窓、などのラベルが貼ってあった。

出かけようとしていたドナは立ち止まってその作品を褒めた。「ドナの台所」の狭い子ども部屋しか遊び場のない子たちにとって、なんて大きな恵みだろう。「レゴがしまってある樽《バレル》にはほとほとうんざりしてました」とミミは言った。床に跪《ひざまず》いて、まだ組み立てている。ジーンズやTシャツにおが屑がつき、透きとおるような髪にも黄色い粒がわずかにくっついていた。最後の釘を口からフイッと吐き出した。「子どもたちが塔を作りたいとき、必ず樽をひっくり返さなければなりませんでしたから」

その日の午後の手伝いのお礼に、ミミはボランティアの女性たちにピザと瓶入りのキアンティをおごった。土曜日、ドナは小口現金からその代金を払うと申し出た。

「いいえ、ドナ。ただのワインです。いただけません。そんなことをだれにでもしていたら大変だし……」

「あれは蒲萄のジュースでしょ。それについては詳しいのよ。三十五ドルで足りる？」

「それじゃあ、多すぎます。あ、でもわたし、レゴの車輪が手に入るところに行ってきます」


ドナの出産予定日は十二月だった。十一月になる前に「台所」に立ち込めるようになったのは、出産が差し迫っているというぴりぴりした雰囲気だった。あるいは差し迫った狂気とでも言おうか。いつもより怒りっぽくなったり、反抗的になったり、ケースワーカーや保護観察官と問題を起こしたりする人が増えた。何人かが脅迫的な態度をとって逮捕された。ドナはこの混乱の責任が自分にもあると思った。これまでたびたび棄てられてきた人たちをさらに棄てるような格好になるのだから。

ヴァレンタイン嬢とオーケイはひどく苦しんでいた。招かれざる客たちがヴァレンタイン嬢の大きな黒い体を乗っ取ってしまったのだ。たくさんの声が彼女に、こうしろこう言えと命じ、その命令に従ったところ大家が警官を呼び、その警官は彼女に、口のなかに思うようにならない舌があるんだな、と言った。ヴァレンタイン嬢の子どもたち全員が連れ去られたが、生まれ故郷の島に捨ててきた子だけは連れ去られる心配はなかった。声が聞こえなくなっても、ヴァレンタイン嬢は会話が続いているかのようにひとりで呟いていた。

青白い顔のオーケイは、耳を貸してくれる人がいれば誰かれかまわず大きな声で話しかけた。自分には子どもが大勢いて、州議会に表彰された子が何人もいる、と誇らしげに語った。靴の中で暮らしているこびとの女の子のつもりになっていた。靴というのは彼女の古い車なのだ。それどころか、子どもたちというのは空想の産物だった。オーケイは車のなかでひとりで寝泊まりしていた。見た人が怯むようなチック症を患っていて、体全体が震えることもあった。

ミミはヴァレンタイン嬢とオーケイとよく話をした。ドナは、三人が冷えていくスープ皿の上で顔を寄せて話している姿を目にした。何を話しているかはわからなかったが、オーケイの肩が震え、ヴァレンタイン嬢の口が動くのが見え、ミミのとても優しい声が聞こえた。この「台所」は麻薬信仰にでも染まってしまったのだろうか。採用委員たちが考えていたのは、大それた希望かもしれないが、採用した助手にはせめてスタッフと同じように麻薬とは無縁でいてほしいということだった。

「ヴァレンタイン嬢の体のなかには何かがいますね」ミミはいつもと変わらぬ声でドナに報告した。「オーケイにもいます」

「それはわたしも同じだと思うわ」ドナは軽い口調で言った。赤ん坊がお腹で動いた。

「本当にそうですね。そしてあなたは可愛らしい赤ちゃんを産みます。でも、ヴァレンタイン嬢とオーケイは自分の悪霊を体から取り除くことができません。どうしても助けが必要です」

「あのふたりは治療を受けてきたのよ」

「助けが必要です」ミミは緊張したしゃがれ声で同じ言葉を繰り返した。「ああいう悪霊は、赤い鉤爪《かぎづめ》で内臓にがっちりと食い込んでいますから」

「わたしたちの仕事は、ここに来る女性たちを受け入れることで――」

ミミの青い目が灯台の光のようにドナに向けられた。

「――こちらの考えを押しつけることじゃないの」ドナは最後まで言うと、力なく目を瞬いた。

十一月の初め、長い休暇に入る前の金曜日に、利用者の子ども――三人きょうだいの真ん中の男の子——が金属の網と木でできた鳥籠を両腕で抱え、おぼつかない足取りで入ってきた。彼はくじを引いてしまったのだ。それで教室で飼っている荒地鼠《あれちねずみ》を休暇中に持ち帰る羽目になった。「家に置いとけだとさ！」その子の母親が怒りの声をあげた。「うちはテレビを置く部屋だってないんだ。テレビは売らなくちゃならなかったし。あんたの叔母さんにまた赤ん坊ができたからね。忘れたのかい？」母親はドナのほうに向いた。「この生き物をここに置いといてくれない？　おまえが月曜日に取りに来ればいいだろ」母親が息子に言っても、息子は黙りこくっていた。男の子は落胆するのが習い性となっていて、ドナに助けを求めようともしなかった。というのもその子は、「台所」から帰るときにちょくちょくポケットのなかにレゴを隠していて、それがドナに気づかれているとわかっていたからだ。

母親は子どもといっしょに飛び出していった。「わかった、預かるわ」ドナは去って行く後ろ姿に向かって言った。わたしならこの鼠に餌をやるために週末に立ち寄れる。あの母親は月曜の夜になれば引き取る気になるかもしれない。

しかしそうはならなかった。母親は月曜にも、火曜になっても現れなかった。そのうちボランティアのひとりが噂を聞きつけてきた。あの子の一家全員が、妊娠した叔母さんも含め、ミシシッピ州に行ってしまった、と。ミシシッピ州のどこなのか知っている人はいなかった。それどころか、一家がボストンのどの辺りに住んでいたのかすら知る人はいないのだ。質問をしない、というのが「台所」の方針だった。いなくなった荒地鼠を案じて悲しんでいるのは、どこの小学三年生たちなのだろう。

スタッフ会議でミミが、荒地鼠を正式なマスコットにしましょうと提案した。ドナは、鼠にふさわしいほかの場所を探すつもりだ、と言った。恵まれない女性たちは初め動物を見ては涙腺が緩んだりするが、そのうち自分と鼠とを重ね合わせるようになる。そうなるとこの場所はたちまち自己憐憫の波に飲み込まれてしまう、と。

この理性的な発言にみなは押し黙った。歌の好きなスティーヴの祖母なら、ドナの意見に同意したことだろう。野良猫を見つけるたびに袋詰めにさせていたのだから。ドナは、路地の鼠のために料理を慎重に包んでいる利用者に、教会の怒りが落ちるわよ、と言った。

ミミは身を乗り出した。「荒地鼠は人を楽しませますよ」落ち着いた声だった。「それにここでなら、本来とは違う使い方が見つかるかもしれませんし」それからまずはドナを見て、それからパムを見た。パムは「やってみましょう」と言い、その瞬間「台所」の責任者が予定通りドナからパムへ変わった。ドナが、生理が遅れていることに気づいたときから、こうなることをひどく恐れていたとおりに、そうすると心に決めていたとおりに。

ドナは悔しい思いを抑えながらも、干渉せず、詮索せず、辛抱強くあれ、という「台所」の方針をパムなら必ず守ってくれる、と自分を納得させた。

最初、二匹の荒地鼠は自分たちの幸運に無関心なようだった。玩具のにおいを嗅いだり、回し車に乗ったり、餌をむさぼったり、トイレットペーパーのロールの厚紙をかじったりするだけだった。そのうち、ある週末にミミが籠を置く台を作り、月曜日にそれを食堂の真ん中に置いた。「これでネズちゃんたちはわたしたちの仲間入りだね」オーケイが言った。ドナには鼠たちが「仲間」より上の、司祭長のように思えた。ときどき鼠たちは籠の柵に爪をかけて立ち上がり、厚紙の欠片を葉巻のように口に挟んで静かに口を動かした。

「舌で話してる」とヴァレンタイン嬢は言った。「フランセって言ってる」とその言葉を明らかにした。

鼠の籠が食堂の真ん中に置かれたために、利用者は鼠に餌をやりやすくなった。パムは、もうすぐ鼠が普通の餌を食べなくなる、と注意した。「わがままになるわよ」。しかし、鼠を甘やかしてしまう女性たちがいて、鼠たちは決まった日になると活発に動かなくなり、無気力に陥った。どうやらレタスと酒を饗されたらしかった。餌をやり過ぎて、三週間ほど経つと回し車を回さなくなった。厚紙のロールをかじることをやめ、ロールのなかに入って体を丸めた。「麻薬でも打ってるんじゃないの」とオーケイが言った。

　十二月になると雨ばかりが降り、みんなは昼食を鼠と分かち合った。パムは餌やりを禁止するのをやめた。いまや鼠が、生野菜以外ならなんにでも鼻を向けるようになったからだ。それに、ひっきりなしに降り続く雨のせいで、だれもが前より怒りっぽくなった。小さな違反には目をつぶるのがいちばんだ。教会の前の通りは川と化していた。新聞は毎日のように「大洪水」という言葉を使った。「神が厄介払いをしたいと思っているのはトークラジオ（話中心で、リスナーも参加するラジオ番組）ですよ」とラビのスティーヴが言った。

　教会の社会活動分科委員会はずぶ濡れになりながら、突然施設の視察にやってきた。女性委員長は、委員会を代表して、齧歯類が食料のそばにいるのは非衛生的だと述べた。それを聞いてミミは冷静な目で委員長を見つめた。委員長は慌てふためいたように見えた。ミミのサファイアに似た目が瞬けば委員会のメンバー全員が殺されかねないと察したかのようだった。ミミはそれから瞼を閉じ、ほかのスタッフと並んで改悛者のように立ちつくしていた。スタッフたちは、急いで医療用手袋をはめた手を胸元で交差したり、腰に当てたりしていたが、ドナだけは自分の腹部にそっと両手を押し当てていた。

ボランティアのひとりがコーヒーを飲みませんかと言って静かな緊迫状態を解いた。ヴァレンタイン嬢が独り言を言いながら現れたのだが、手にしたトレイには、サベナ航空の客室乗務員が帰宅の途中だからといって配達してくれた、未開封の機内食が積み重なっていた。施設視察会がパーティに変わった。

雨は降り続いた。茸がひと晩で芝生に生えた。その茸をオーケイが鼠たちに与えた。「幸せに暮らせるうちに楽しまなくちゃね」と鼠に言った。「だって、そのうちきっと……」

「口を閉ざしな」ヴァレンタイン嬢はそう言って、オーケイの側頭部を手帳で殴った。スタッフは直ちにヴァレンタイン嬢に二十四時間の施設利用の禁止を告げた。ひとりのボランティアがオーケイの肩を抱き寄せようとした。オーケイはその腕をかいくぐってパムに抱きつき、堪えきれずに体を震わせた。パムは、横になったほうがいいとオーケイに言った。拒まれたボランティアがわっと泣き出した。ドナはボランティアに、あなたこそ横になったほうがいいわ、と言った。意識を失った鼠は三十分後に目を覚ました。後遺症はないようだった。

なおも雨が降り続いた。店先がつかの間の薄い日差しを受けて冷たく光った。教会の裏通りでは泥が溢れ、「台所」の入り口へと下る階段の前に黒い大きな水たまりができた。

ドナも間もなく臨月だった。羊水の入っているところは満杯になっていた。十二月第二週の水曜日に痛みを感じた。その日の午後に診察の予約が入っていた。「台所」を出て行きながら、後先考えずに、赤ん坊の男の子の名前を考えるのはあなたたちの役目よ、と女性の一団に向かって言った。

「まあ、ドナったら」パムが呻くように言ったが、その声はさまざまに告げる名前のせいでかき消えた。アシール、ネルソン、スティーヴ……。

産科医は診察するあいだ嬉しそうだった。「いつ生まれてもおかしくないな」と言った。

ドナは「台所」に戻った。フードプロセッサーがまたもや壊れていた。出産する前に修理できるかもしれない。オーケイの車に新たな雨漏りが見つかった。ドナは彼女に、施設でひと晩かふた晩過ごしたらどうかと言った。

ドナは狭い路地の大きな水たまりの前でぼんやり佇んでいた。雨は人々をからかうようにしばらくのあいだだけ止んだ。空は濃い紫色。水たまりはガーネット色。その宝石のような水たまりの向こうに「台所」のドアへ下りる三段の石段があり、ドアはわずかに開いていた。うっかり開けたままになったかのように。しかし重い扉が偶然に開いたままになどなるわけがない。ドナは目を細めてよく見た。レゴで作られた煉瓦がドアと脇柱のあいだに挟まっている。水たまりを迂回するように歩いて地面の位置近くにある窓のそばまで行き、身をかがめて吹き抜けになっている空間に入った。スニーカーを履いた足が枯れ葉のなかに沈み込んだ。そこから食堂を覗いた。

オーケイとヴァレンタイン嬢とミミが一台の長テーブルに横に並んで座っていた。それぞれの椅子の背にはコートが掛けられている。オーケイのは学生が着るようなパーカだ。ヴァレンタイン嬢のは黒い綿繻子のトレンチコートで、これは運のいい日に寄付された衣類から引き抜いたものだ。ミミのはスエードのコートで、その肩先には毛皮の帽子が乗っていた。荒地鼠の籠は台から下ろされ、テーブルの真ん中に置かれていた。

しばらく三人はその籠を見つめていた。それからミミが籠の蓋を開けた。鼠が飛び出してきた。ミミは蓋を下ろした。

窓の外の吹き抜けにいるドナが大きな呻き声をあげた。鼠は食料庫へとまっしぐらに進んでいくだろう。米やコーンミールのなかに入り込んでしまう。そうなったら鼠駆除業者をまた呼んで、乾物の半分を廃棄しなければならなくなる。

しかし鼠の動きは驚くべきものだった。二匹の鼠はキッチンには行かずに裏口へと通じる廊下へ向かった。姿が見えなくなった。ドナが立ち上がったちょうどそのとき、鼠がレゴの煉瓦を飛び越えて出てくるのが見えた。狂ったように大慌てで、ひたむきに鼠たちはセメントの階段を上がって水たまりに飛び込んだ。そこで溺れた。

ドナはもう一度その場にかがみ込んだ。ミミは籠をもとの台に戻している。オーケイとヴァレンタイン嬢はコートを身につけている。オーケイは震えておらず、ヴァレンタイン嬢の口は閉じている。瞑想のときですら、ふたりがこんな穏やかな様子を見せたことはなかった。それからふたりはドナの視界から消えた。荒地鼠のように。それで視線を裏口のドアに移すと、ヴァレンタイン嬢がその扉を開けていた。ヴァレンタイン嬢とオーケイが階段を上がっていった。水たまりをよけて通り、ふたりは打ち解けた様子でオーケイの車に乗り込み、そのまま去っていった。

コートを着て帽子を被ったミミが足を止めてレゴの煉瓦を拾い上げた。それをポケットのなかに入れ、ドアを押し開けて階段を上っていくと、そのあいだにドアはゆっくりと閉まり、鍵がかかった。ミミは溺れた鼠が浮かんでいる水たまりのところにかがみ込んだ。

手術用手袋をはめた右手で二匹の鼠を拾い上げた。近くにある大きなゴミ箱の蓋を手袋をしていないほうの手で上げた。鼠の死骸をその中に投げ入れて蓋を戻した。

「空っぽの籠はどうするの？」ドナは吹き抜けのところから声を上げた。

「明日、スティーヴが新しい荒地鼠を二匹届けてくれます」ミミが言った。そして手袋を外してもう一度ごみ箱の蓋を上げた。だらりとした手袋が弧を描いて箱の中に入った。それから吹き抜けのところまでやってきた。「これ以上そんなところにいたら、赤ちゃんが鼻風邪を引いて生まれてきますよ」とミミは予言した。

ドナは手を差しのばし、ミミがその手を取り、ドナが吹き抜けから上がるのを助けた。ふたりはしばらく手を繋いだまま立っていた。古くからの知り合いなのに一度も親しくすることがなかった友だちのように。さよならを言わなければならない友だちのように。

「あなたの監督のもとでボランティアをするのが楽しみだわ」とドナはあえて言った。一度口に出せばそれは真実のように響き、それが真実になることさえあることがわかっていた。「鼠でやっていたこと、あれは悪霊を乗り移らせて狂気を治療する方法ね。でももちろん、その準備のためには必ず動物が必要になるわけで……」ドナの声は途切れた。

「それは手に入ります」とミミが言った。

フィッシュウォーター

――フィッシュウォーターは、ビール二と、オレンジジュース一のカクテルのこと――

Fishwater

真実は小さくて正確な羅針盤のなかにある。

——ボリングブルック子爵

伯母のトビーが虚史小説からかなりの印税を手に入れ、教師の職を捨ててニューヨークからぼくとふたりで脱出し、ニューイングランドのピスカタクア湖畔の家を買う夢を実現するのに、二十年という歳月がかかった。でもとうとう、二十一世紀になろうかという頃に、伯母の思い描いていた理想の家を買うことができた。ぼくたちは八番街のアパートメントを片付けた。調度品とわずかな宝飾品、トルコ製の絨毯、オランダ製の燭台《メノラー》を荷造りした。トビー伯母は脱出インタビューのようなものを受けた。インタビュアーは三流文芸誌から来た若いライターだった。ぼくも同席した。

「もてあそんでいる、ですって？　わたしが？」伯母はその記者に向かって言った。「男性たちを？　それとも女性たちを？」

「歴史をです。そう言われてます。そう聞きました」慌てふためいて記者が言った。

「まさか。とんでもない。あり得ない」伯母が言った。「真実ではないとわかってることを真実だと言い張ったことなんかないわ。嘘だとわかったことをそれは真実だと言ったこともない」

「作り事だ、とみんなは言っていて……」

「そりゃあ、作り事ですよ。厳密に言えば、そのとおり。わたしがでっち上げているんだもの。でっち上げの定義をでっち上げてみましょうか。その一、『虚構を作ること、創作すること』。その二、『さまざまな素材を組み合わせたり組み立てたりして作ること。小さなボートを創造するように』。そして、その三、『欺くために創り上げること。言い訳をでっち上げるように』。わたしはそんなことはしてませんよ、ダーリン」記者は赤面した。「確かに創り上げてます」伯母は続けた。「でもそれは輝かせるため。どうやれば占いのトリックを使わずに、テッサロニキの戦いで採用されたスラブ人の聡明さの歴史を書くことができる？」

テッサロニキの戦いがどんなものだったかは、古い歴史書に残されている。それ以外はすべて、つまり翼のある傭兵や布で作られた鳥の翼、少年スパイのディミトリーと相棒の巨人ウラジミール、この少年は巨人の肩に乗っているのだけれど、こういったものすべては伯母の想像の産物だ。伯母の繊細な知性から、証明も反駁《はんばく》もできないものから生み出されたものだ。虚史の芸術は伯母によって完成型を見た。そしてこの芸術がなかったらこの世界はかなりつまらない場所になっていただろう。伯母の強力な崇拝者であるフランツ・シャトマーさんはいつもそう言っている。深い色合いの目、大きな鼻、狭い額の両側ではためいている白い髪がシャトマーさんの特徴だ。

ぼくはシャトマーさんをいつも「フランツおじさん」と呼ぶが、気の毒な病弱な奥さんのことは「シャトマー夫人」と呼んでいる。

「ランス、あなたの伯母さまはとても気前がいいわね」とシャトマー夫人は以前ぼくにそう言った。ぼくたちの別荘でのことだ。トビー伯母が居間からキッチンへ行き、シャトマー夫人の悲嘆に暮れた空しい人生を長引かせるだけかもしれないディープブルー・ティーを淹れているあいだ、夫人はぼくに話しかけた。「思慮深くもあるわ。舌が切り取られてしまったみたいに、秘密を一切話さないもの」

ぼくの名はランスロット。トビー伯母は自分の弟夫婦、つまりぼくの両親からぼくを引き取ったのだ。ぼくの両親は早くに悲劇的な死を遂げていた。だから両親の思い出はない。伯母の養子となって二十年が経ち、いまは伯母のアシスタントを務めている。二十年のあいだに伯母の小説は、事実に基づいた歴史書だと名乗ったことはなく、事実に近いだけだと述べていたのだが、若者のあいだでなぜか人気を博し、この魔法使いシリーズを絶版にすると脅かされることは一度もなかった。

伯母の歴史への解釈は倹約の精神から来ている。つまり伯母の描写は、これ以上短くできないような仕方で描くという、もっとも節約型のものなのだ。テッサロニキでの大敗に必要だったのは策略と錯覚だった。ロッテルダムの錬金術師については、彼が実在していたことが前提となっているから、質の悪いチューリップの球根に小さな穴が開けられたのだ。われわれは、賞を取るようなチューリップがウィルスのおかげで多彩な色となったことを知っている。ウィルス誘導者とは、伯母の作品では、ウィルスが球根の組織のなかに入り込んでそこで自由気ままにできることを知った科学者のことだ。科学者は注射器を使って球根を次々に感染させていった。それで誕生したチューリップはなんという豪華な花だったことか。しかし次の世代ですべてが死に絶えた。

「その生化学者が存在した証拠を出してくださいよ」と厳格な歴史学者が言った。

伯母がもっとも尊敬している書評家はこう書いている。「しかし、彼女は自分の作品をデータや過去のいんちき話で満たすことはしない。彼女にはその時代と場所と人間を過不足なく想像できる才能があるからこそ、物語が現実のように、いや、現実よりはるかに素晴らしいのだ。娯楽としての歴史がここにある」

ぼくたちは『テッサロニキのスパイ』と『ロッテルダムの錬金術師』から得ている印税と、講演や審査会に参加することで得た謝礼などでピスカタクア湖の別荘を買った。熱狂的な読者が投資してくれたお金だ。

伯母は六十歳で、ぼくは二十歳だった。伯母は若木のように背が高く、槍のようにほっそりしていた。髪はかつては金色で、ぼくの髪もかつては金色だったが、ふたりとも古代ギリシアの銀貨のような真鍮色になってしまった。伯母は似た色合いのパンツとブラウスを身につけている。顎には割れ目があって、それはぼくにもある。伯母の目は青みがかった灰色で、ぼくの目は、若い女性たちが言うには、濃いチョコレート色だ。伯母の物語が展開しているのはシャベルのように広い額の内側だ。ぼくの額は狭いので、先の尖った穴掘り具に似ている。

ピスカタクアで、小さな石造りの家と内側の水漆喰の部屋を修理し（寝室は上階にあり、小さなキッチンが片隅にあった）、一室の中央に、『だれがスミルナに火をつけたのか』を書くための霊感を得たトルコの絨毯を敷いた。この小説では、アルメニア人のような服を着たトルコ人と、トルコ人のような衣装を身につけたアルメニア人によって扇動が引き起こされた。戦争のあいだ逃げたり隠れたり四六時中書き散らしたりしながら、その火災をすべて目撃していた十二歳のユダヤ人の語り手によれば、敵と味方の区別がわかる人などひとりもいなかった。

石造りの家の裏に菜園を作るため杭で囲い、小さな東屋《あずまや》に合う噴水の池を掘った。伯母はここで次の作品を書くことになる。とはいえ、どんな作品になるかわからないが。ぼくたちは郵便局のお得意さんになった。伯母がシャトマー夫妻に出す手紙のために（そのなかにぼくの写真が入っていたが）週に二回は郵便局に通った。漁師の友人ができた。漁師さんたちは毎朝四時には、陸から十五キロ離れた沖からきらきら輝く大量の魚を港に運んできた。

陽に照らされている静かな湖は伯母のコンブチャ（健康茶の一種）に似ている。月の下のさざ波が寄せる湖は、屑籠のなかのしわくちゃのカーボンペーパーに似ている。伯母はコンピュータもワードプロセッサーも蔑み、古いエルメスのタイプライターで言葉を打ち込んでいた。複写するためのカーボンペーパーはイーストサイドのビルの三階にある中古タイプライター店でいつも購入した。その店はフランツおじさんの店のすぐ隣にあった。フランツおじさんは古銭学の研究者で、自身も歴史が好きだった。ところが、あの人こそが歴史そのものよ、と伯母はよく言った。フランツおじさんにはおぞましい恐怖がとりついていた。小学生のとき、知り合いはみな殺されたのに、ただひとり生き延びたのだ。このことを話したとき伯母の目は暗くなり、顎がこわばった。

「フランツおじさんのこと、いつか本に書くつもり？　奇跡のような脱出を。どっちにしても、ぼくにその話をしてくれてもいいいんじゃないかな」

伯母がその問いに答えるのにまる一日かかった。そして「フランツはこうやって逃げ延びたの。ユダヤ人が大勢住んでいた小さな街があって、その街にはフランツの一家もいたんだけれど、その人たちはみなブダペストから何キロも離れた森の近くの村まで行進させられた。そこで三階建ての木造の建物に詰め込まれた。みんなには、過酷で二度と出られないような場所へいまにも移動させられることがわかっていた。フランツの家族は三階にいた。雪が凍り付いた地面を覆っていた。建物は警備されていなかった。

『その窓から飛び降りなさい』と、一日目の夜にフランツの母親がそっと言った。

『ママ……』

『飛び降りるのよ』

『でも、ママ』

母親は窓を開け、わずか十二歳のフランツを抱き上げ、大きな胸に抱きしめた。それからその冷たくてがっしりした両手を息子の脇の下に差し入れた。そして窓の外へ息子を突き出した。凍えるような夜に向かって。次に毛布を揺らすように空中で息子をしっかり支えた。彼は『ママ』と言うのをやめていた。長いあいだ、母親は息子をしっかり支えていた。そしていきなり母親は窓枠から体を乗り出して子どもを放した。子どもは雪の上に怪我をすることなく着地し、森のなかへとよろめきながら向かい、そのまま進み続けた。彼はほかの人たちに森で出会った。その何人かとともに、森のなかで戦争を生き延びた。ぼろを着た人、飢えている人、病気の人たちとともに。フランツの胸に耳を当てると、そのとき患った肺病の名残りの音が聞こえる。がらがらという音がね。

ねえ、ランス、この話を公表してもいいと思う？　この話に何かを付け足すことは、価値を貶《おとし》めることになるかしら。翼のある兵士、球根に注射針を入れているオランダ人、ミルナの桟橋にいるならず者たちはみんなわたしの単なる素材で、娯楽として歴史を見ている、って同業者たちは非難した。わたしにとって彼らは、耐えられない過去の解毒剤」

伯母は苦しそうな声でさらに言った。「フランツは、シャトマー一族のなかで生き延びたたったひとりの末裔《まつえい》だった。学校で生き延びた、たったひとりの生徒だった」

「フランツおじさんと奥さんは……あのふたりは難民だったときに出会った？」

「そうよ」

「ふたりには子どもができなかったの？　フランツおじさんと奥さんには」

「ええ」

「フランツおじさんでシャトマー家は途絶えるんだね」

沈黙。それから伯母は、「そうとも言えるわね」と言った。

伯母とぼくは、年に一度開かれる「下流域歴史協会」の会議に出席した。「ピスカタクアってどういう意味ですか？」伯母は会議後の懇談会で尋ねまわった。

「ここを先住民が治めていた何世紀も前まで遡れるとても古い名前です」と議長のジェニングズさんが、メタリックな髪の色をした美女に顔を向けて言った。「この湖と川の名前はアベナキ語から来たということになっています。『枝』という意味と『激流の川』という意味を表す音の組み合わせだということです」

「アベナキ語はどれほど前の言語ですか」

「コロンブスが来る前に話されていた言語ですよ」

「ラテン語は紀元前のバビロン捕囚前から話されていますよ」

「それでも」

「それでもね」伯母は美しい声で言った。「言語の大系から見ると、この川と湖の名はアベナキ人ではなく、ここにやってきたローマ系ブリテン人がつけたんですよ」

「敬愛するブルースタインさん」そう言った瞬間、ジェニングズさんはぼくの目の前で伯母に恋してしまった。とはいえ、伯母に恋してしまった人は彼が最初ではない。「ローマ人たちがここに大挙してやってきたのは十九世紀ですよ。その大半は靴職人と農園労働者でした」

「敬愛するジェニングズさん、ご存じでしょうが、あなたがおっしゃっているのはイタリア人のことです。ローマ系ブリテン人は紀元後五〇〇年にここに来ました」

「いったいその人たちは——あははは——何に乗って旅してたんです？」

「ローマ人のロングシップですよ。ローマのガレー船の末裔。ガレー船はローマの五段櫂船の末裔です。ロングシップは岸辺に到着し、その後でばらばらになりました」

「それではロングシップが存在していたという証拠がありませんね」

「この世になかったという証拠もありませんね」

ジェニングズさんは殴られたような笑みを浮かべた。「どんな形だったと思います？大航海時代以前に海を渡れる船というのは」

「あら、帆があります。櫂も。もちろん」

「ローマ人が最後にブリテン島を去ったのは四一〇年です」ジェニングズさんが言った。

「彼らは大西洋、当時はタラッサと呼ばれていましたが、そこを渡ったのではありません。ブリテンからヨーロッパ大陸に渡り、歩いて帰途に就きました。一般的に知られているのは、北アメリカに最初にたどり着いたヨーロッパ人は、エイヴル・エイリフソンという人ですね。彼が九八〇年に上陸したのがいまのニューファンドランドです」

「一般的に知られていることって、大事ですわね」伯母が言った。「でもそれって、たいていは当てずっぽうですけど。わたし自身の努力も似たようなものです。ジェニングズさん、世の中には、知らず知らずのうちにわかっていること、というのがあるんです」

「ええ、それは……」彼はその先を言えずじまいだった。彼もぼくも、もう彼女を止められないことがわかった。

それで伯母は、東屋の建設に取りかかる前に次の作品を書き始めた。伯母は寝室のロフトで執筆している。その小説の主人公はロンドンの港町に住む若きテトスだ。

——「造船所で檣材を相手に働くテトスを、海はいつも差し招いた。その差し招く指は死を意味した。なぜなら彼の父親は、兄弟は、伯父は、従兄は、その海の藻屑となって消え果てたからだ。そんな過去があったわけだから、陸の奥で農民になったり、町で家庭を築いたり、修道院に入ったりしてもよかったのだ。しかし海だけがテトスの心の拠り所だった」——

「ご機嫌いかがですか」ジェニングズさんはトルコの絨毯の上で根が生えたように動かなかった。ズッキーニの入った籠を手にちょっと立ち寄ったのだ。ぼくは狭いカウンターでかぼちゃを薄く切っているところだった。

「気分は上々よ」伯母が上階《うえ》から言った。

――「テトスはロングボートの建設を任された。ローマ系ブリテン人のロングボートを歴史家たちは忘れ去っているが、この船は優美で、幅が狭く、軽く、速く進むように設計され、外殻が浅かったため、航海中の船体の喫水は一メートルしかなかった。船には船尾から船首まで櫂がずらりと付いていた。長方形の帆が一本の支柱に取り付けられているのは、とりわけ今回のような長旅のあいだ漕ぎ手を助けるため、もしくはその代わりを果たすためだった」――

次に彼が持ってきたのはワインだった。「全速力で進んでるわ」と伯母はジェニングズさんに伝えた。

――「船はロンドンを出発した。テトスは七番目の櫂を握っていた。この船の持ち主で船長だったにもかかわらず。階級を定める規則はなかった。だれもが船を漕いだ。テトスは背の低い筋肉質の若者で、頭の形はローマ人で顔立ちはサクソン人だった。黒髪だった。……数カ月後、テトスのぼろぼろになった船がたどりついた岸辺は、後にアメリカ合衆国と呼ばれるようになる」――

「書斎で少し話をしませんか」ジェニングズさんは日課となった訪問時に伯母に尋ねた。

「是非」

――「絶壁と小さな渓谷、岩場が続いている海岸線は、彼らを歓迎しているようには見えなかった。新参者たちは漕ぎ進んでいった。ローマ人たちは予兆に気づいていた。差し迫った災難が雲の一片一片《ひとひら》の陰に、波のひとつひとつの裏側に隠されているような気がした。彼らが住んでいたのは永遠なる騒乱の街だった。テトスは勇敢であるふりを装ったが、恋人から渡されて胸に吊している幸運のコインをしきりに指で撫でた。いったいここはどこなのだろう。

彼らは、いまはまだ名付けられていない川と海が出会う河口に入っていった。いまはもちろん、ここはピスカタクアと呼ばれている」――

「その作品を少し朗読していただけませんか」ジェニングズさんがぼくの持ってきた椅子から身を乗り出して言った。

「……いいですよ。

『勇ましい始まりの次には死がやってきた。病によるもの、見知らぬ植物の毒によるもの、獣によるもの。先住民と戦い、和睦《わぼく》を結び、子どもたちが生まれた。ハリケーンがやってきた。これは神が遣わしたものに違いなかった。最後の病気もやってきた。長く続く無慈悲な熱だ。それから衰弱して塵《ちり》に返っていく。あらゆる思い出のなかへ、思い出されるもののなかへ、完璧なる消滅へ。完璧に消滅した……』」

「アトランティスのように?」ジェニングズさんが口を挟んだ。「トロイのように?」

「一九四三年のハンガリーの村のように」

ジェニングズさんは敬意をこめて口を閉ざした。

伯母は続けた。

「『テトスは妻をめとり、運命に従って族長になった。そして死んだ我が子をひとりひとり筏に乗せて燃やし、海へと送り出した(ヴァイキングの葬儀はヴァイキングが考案したものではなく、死者の足下に犬を置いただけだ)。彼自身も熱に斃《たお》れ、わずかに残っている瀕死のピスカタクア族が、テトスを燃やさずに土に埋めた。彼はピスカタクア湖のそばの野営地の塵となった』」

そう、今日の出版ビジネスがロングボートのように滅びつつあることはだれもが知っている。トビー伯母の担当編集者は別の業種に逃げてしまった。その編集者を雇っていた出版社が大きな出版社に吸収され、その出版社もさらに大きな出版社に吸収された。コングロマリット側は青二才の編集者を差し向け、『だれがスミルナに火をつけたのか』がいまも近刊本リストに入っているにもかかわらず、前世代の作家と会社側が見なす人物からの新たな提案に対処させた。

ぼくたちはその若い編集者のオフィスで会った。「こんなこと、クソありえない」と編集者は言った。（もっとも、実際にクソとは口に出さなかったが、その言葉がめくれあがった彼の唇のうえにきちんと印字されていたも同然だった）「あなたのほかの作品……ほかの作品のためなら弁護できるでしょう。この作品はありえない」

伯母は自分の原稿を二本の指でとんとんと叩いた。「これでとんでもないことが起きるかもしれない」

「ヴァイキングの考古遺物はピスカタクア地区にたくさんあるんですよ」編集者は勉強してきていた。「ローマ人の釣り針のようなものはありませんよ。あなたが生み出してきた作品のヒーローたちは、ご自分の子ども同然でしょうが、みな、未来の夢を追い求め、手に入れようとします。だからいまも本が売れているんです。でも、このテトスが見出すのは忘却だけです。方針を変えてください。違う作品を書いていただきたい。……それからブルースタインさん」伯母が割れ目のある顎を高く上げて部屋から出ようとするときに編集者が言った。「もうカーボンコピーはやめてください。お願いします」

ぼくたちは大好きなハンガリアン・レストランでフランツおじさんと会った。おじさんは襟元に黒いリボンを付けていた。数週間前に妻を亡くしていた。「出版社はいくらでもあるよ」とおじさんが言った。

「わたしのことじゃないの。虚史小説はもう流行遅れよ。お金とセックス以外の話は」

――フランツおじさんは顔を赤らめた。――「なにもかもが流行遅れ」

「これからのことだけど……」

「なにをやっても食べていける」

沈黙。「いつにする?」おじさんは言った。

「いまよ」

「じゃあ店に警報装置を付けなければ」。伯母がペン・ステーションに行っておじさんの代わりに切符を買っているあいだ、ぼくはおじさんといっしょに店に行った。おじさんはこの数カ月のあいだ展示ケースの整理で忙しくしていた。すでに荷造りが終わっている小さな鞄がドアのそばに置いてあった。トビー伯母と汽車で落ち合った。森や農場を過ぎ、海が垣間見えた。

車は駅のそばの駐車場に置いたままだった。フランツおじさんと鞄は後部座席に収まった。二車線のハイウェイを走り、次に狭い道路を行き、舗装されていない道に入った。ようやく湖が迎えてくれた。湖は午後には青紫になり、周囲の松林は青緑に変わった。「あなたの描写のとおりだね」とフランツおじさんは言った。「巨大なパレットだ」そのため息は震えていた。「美しい。最初にここを見つけたのがだれであろうと、美しいものは美しい」

ぼくたちが石の家に入ったとき、伯母は原稿をソファのうえに投げだし、フランツおじさんは原稿の隣に鞄を置いた。ぼくたち三人は泳ぎにいった。高齢にもかかわらず、おじさんはしっかりした体をしていて、みごとな泳ぎ手だったけれど、小さな筏から飛び込むことはせず、ゆっくり沈んで水の抱擁を受けた。水泳パンツがスカートのようにゆらゆらと揺れた。戦争直後、ユダヤ人共同配給委員会にニューヨークまで連れて来られたときに購入したものに違いない。

夕食のときにおじさんが言った。「菜園をすぐにも作らないと」

翌日、三人で土を掘り起こし、熊手で均《なら》し、畝《うね》を作り、トマトとレタスとキュウリを植えた。遺物が土のなかから出てきた。髪留め、六番の釘。

ある日、フランツおじさんが泥で覆われたものを家のなかに持ち込んできて、それを架台式テーブルに広げた新聞紙に置いた。鞄から取り出した布と洗剤と水で洗った。鞄から拡大鏡も現れた。

洗ったものを回して見せてから、それを掌に置き、丹念に調べた。「銅だね」とおじさんは言った。かつては緑色だったものが、おじさんのこめかみのような白い色になっている。「片面に女性。裏側には反芻動物。この硬貨の日付、紀元前四百年ごろだ。ローマのものだね。帝国を旅して、ひょっとしたらブリテン島で過ごしていたかもしれない。だれにもわからんね……」

フランツおじさんが以前、偽物のコインについて話してくれたことがあった。「偽物はたいてい本物の型押しで作られている。……しかし型押しされてよくなるんだ。ゲームなどに使われるコインや、とても古い硬貨に似せて作られた現代の硬貨などはそういうものだね」でも、この硬貨は偽物ではなかった。ニューイングランドの土から慈しみ深い指でつまみ上げた硬貨は、ローマ時代のものだった。「時間が経っているので歪んでしまっているけれど、わざと手を加えられた唯一の部分は、動物の角近くに開けられた穴だね。もしかしたらお守りとして身につけられていたものかもしれない」

「あの間抜けな編集者に見せてやればいいよ」ぼくは伯母に言った。

「ジェニングズさんに見せるわ」

伯母はそうした。そしてジェニングズさんは、出所や信憑性や年代についてなにも訊かず、恋に敗れた男の高潔な仕草で歴史協会のためにその硬貨を受け取った。それを脚の付いた展示ケースのなかに入れ、「ローマ時代の硬貨　紀元後四百年」と書かれたカードを添えた。週刊のピスカタクア紙の記者がカラー写真を撮りに来たので、ジェニングズさんと伯母とぼくとフランツおじさんが写っている写真がある。三人は下にある硬貨を見ているが、そちらを見ていない人がひとりだけいた。そのときようやくぼくには、知らず知らずのうちにわかっていることがあるのを知った。ぼくはトビー伯母の髪色と顎の形を受け継いだかもしれないが、フランツおじさんの円筒のような眉とチョコレート色の目を受け継いだのだ。おじさんの目は、硬貨ではなくぼくを見ていたくて仕方がなかったのだ。でもおじさんがぼくや自分のことを恥じているとは思わない。

長いあいだ列車の衝突事故による死について考えてきた。伯母が教えてくれたぼくの両親の死の原因は、伯母の想像力にそぐわないものだった。

フランツおじさん（これからもずっとぼくはそう呼んでいくだろう）は、店を売ってニューヨークに別れを告げた。ぼくたちの家に引っ越してきた。伯母は虚史文学を諦めて冒険小説の執筆に戻った。正直に言えば、話をでっちあげているのだ。伯母は、自分の子どもを救うために手放したひとりの母親の勇敢な行為について二度と話すことはなかった。そして四十歳の女性が、ハンガリーの一族を存続させるためにだいぶ年上の男性とほんの短いあいだ協力し合ったことについて、決して打ち明けることはなかった。ふたりの秘密が守られていたのは、一族の存続を果たしたくてもそれが叶わなかったもうひとりの女性が黙って許していたからだった。

ようやく両親がだれなのかわかり、ついにその両親がいっしょになり、ぼくは未来の夢を追い求めるために家を出た。冒険を運命づけられたトビーの創り出した子どもたちのように。

金の白鳥

The Golden Swan

「『金の白鳥《ゴールデン・スワン》』は『ノルマンディー』の孫に当たるんだよ」と、ハートマン先生は小さいが耳障りな声で言った。

いったいなんの話をしてるの。かすかなドイツ訛りがある、と彼女は思った。

「私が言っているのはね、ベラ、大西洋航路定期船から降格されたクルーズ船のことだよ。飛行機が登場する前は大西洋を横断したければ汽船に乗るしかなかった」

ハートマン先生の生徒は――といっても先生とベラは同じ船に乗っている客同士に過ぎないが、ベラは生徒になったような気分だった――柔らかな髪を指でいじった。ハートマン先生は専門家と呼ばれる人だった。昨日、いきなり記号論の短い講義をした。ベラはその話の内容を理解したい、と思った。

「汽船が登場する前は、海を横断したければ、もっとも横断する気がなくてもだけれど、三本マストの帆船を動かすしかなかった」

「横断する気がなくても?」ベラは鸚鵡返しに言った。

「奴隷になってしまったらね」

ふたりの小さな図書室――ふたりのものではなかったが、いつもふたりしかいなかった――は、乗客が利用できるいちばん下の甲板のいちばん奥まった場所にあった。自然光がまったく入らないように設計されている。模様の織り込まれた絨毯、革の椅子、羊皮紙のシェイドのついたランプがあり、四面の壁には本がびっしり並んでいた。厳めしいハードカバーもあれば、派手なペーパーバックもあった。

「いまはね」ハートマン先生は興奮した口ぶりで言った。「こういった船は、航海を喜びで満たすために設計されている」声はあくまでも冷静だった。「スイミング・プールにダンスフロア、日光浴、食事、ギャンブル。寄港地は、きみもその目で見ることになるが、あくまでも付随的なものだ。なかには、わざと寄港をすべて無視して航海する船があるそうだよ」そして彼は身を震わすそぶりをし、ウィンクの真似をした。

この航海はベラとロビンの祖父からのプレゼントだった。砂糖菓子のように甘く、絵画から抜け出てきたように美しい孫娘への贈り物だった。祖父は若い女性の身内が好きだった。それで、ふたりが大学を卒業するにあたって旅行をプレゼントする、と言った。常識の範囲内ならどこに行ってもいい、と。言外に、パリは無理だと言っていた。

ベラもロビンもパリには関心がなかった。ヨーロッパなどもってのほかだ。重要な遺跡から遺跡へと歩いて移動して疲れ果てるのはごめんだった。明るい場所と美味しい食事を求めていた。カリブ海クルーズはその両方を満たしてくれることがわかっていた。季節外れの旅行のほうがおじいちゃんの負担が軽くなる。それで、名分は卒業ではあるけれど、それは半年後、つまり旅行料金が安くなる三月まで延ばすことにした。それまでにふたりはそれぞれ就職し、アパートメントを見つけた。

「あとは体重を減らすだけね」と電話でベラの母親がロビンの母親に言った。

「そうしたくなったらそうするでしょう」と気の大きなディー叔母さんは言った。

ベラは子機でその会話を聞きながら、殺伐とした気持ちで受話器を見つめた。子どもの頃から食欲に悩まされてきた。十代の頃には胸が張り出してきても、腰回りはたいして変化しなかった。腹部は膨らんだ。でも脚はすっきりし、足首が締まった。もっともどちらかといえば、だが。

ベラは血色が悪かった。ロビンは青ざめた顔色をしていたが、すぐに頬を赤らめた。ロビンはたちまち子どものような笑みを浮かべた。目はよい香りの石鹼のような緑色をしていた。体は、肩から小ぶりな胸を通って下へと伸び、木の幹に似た腰まで厚みがなかったが、骨盤は立派に張り出していた。

ふたりの従姉妹は高校時代は仲が良く、似たような大規模の大学に進んだ。ロビンは児童の発達を勉強し、入院治療中の子どもを精神的に支援する医療専門のスタッフになった。入院中の子どもたちと接するときには、気の置けない、相手を安心させる態度になった。ベラはビジネスを専攻した。すでに、人気のある不動産会社の支社の大切な責任者になっていた。顧客は眺めのいい部屋やジェットバス、大理石のカウンターのあるキッチンを求めた。

ロビンには真剣に付き合った恋人はひとりもいなかったし、ベラにはそもそも恋人がいたことがなかった。ふたりとも読書が好きだった。ロビンは大衆小説をよく読み、ベラは新聞やビジネス誌、伝記を読み、ヤングアダルト向けの小説をこっそり読んでいた。

「金の白鳥」には、夕食を提供する大きなダイニングルームがふたつあった。同じように小さなレストランが二軒あり、フランス料理とイタリア料理を提供した。食べ物にうるさい人たちはこの二軒のレストランの常連になったが、そこ以外の船上の食事はすべて無料だった。だれもがなんでも食べられた！　寄港先は四つあり、十二日間の航海の途中で一日置きに港に立ち寄ることになっていた。複数のスイミング・プール、ジムと美容室と土産物屋、そして古い建物にある書斎のような図書室は一箇所だけあった。シャッフルボードやバドミントンで遊ぶこともできた。ペリカン・デッキのテラスからゴルフボールを海に向かって打つこともできた。パーティは毎晩開催された。仮装舞踏会やタレント・コンテストのようなテーマ付きのパーティもあった。「船長の挨拶」というタイトルの最初のパーティで、英語が得意ではない白髪のスカンジナビア人の船長は、疲れることなくあらゆる人と握手をし、少人数で写真に収まるためにポーズを決めた。この写真は後に中央大広間《レセプション・ルーム》で展示販売された。ロビンはそれを一枚買い、ベラはかなりためらってから一枚買ったが、彼女はロビンに、この船長はきっと船長の役を演じている俳優よ、と言った。だって、船長って鯨や戦艦を目視するために甲板の上にいるものなんじゃないの？

しかし、この「金の白鳥」のなかでいちばん異様だとふたりが思ったのは、一日中開かれているビュッフェだった。ビュッフェはプロムナード・デッキの船尾全体を占めていた。食事をしながら、ゴルフボールが下の甲板から空に向かって飛んでいき、海へと落下するのを見ることができた。ウェッジウッドの青色や紺色、一日の終わりにはクレマチスの紫色に変わっていく海へと。ビュッフェのテーブルの近くの席についたら、さらに多彩な色を目にすることができる。パンケーキは金色の円盤。チャウダーの入った容器からは銀色の湯気がさかんに上がっている。サラダは宝石のようだ。幸せを宿した薔薇色の頬のようなハム、トロピカルフルーツの山。藤色の仔牛の舌が、敷き詰められたレタスの上に並んでいる。そして淡黄色のパン——光沢のあるパンもあれば、ざらざらしたパンもあり、ベリー類が入っているパンや、オリーヴで作られたパンもある。そしてなかでもいちばん美味しいのは、細長くて硬いパンを薄切りにしたもので、魔法の木の実を挽いてできた小麦粉をノームが森の小屋で焼いたような味がする。頬のくぼんだ男性がふたり、一日中ローストビーフを切り分けていた。ひとりの男性はひっきりなしに、ふわふわのスクランブル・エッグをマッシュルームとトマトとアスパラガスといっしょに皿に取り分けていた。あらゆる種類のチーズがあった。とろとろのもの、すべすべしたもの、噛みでのあるもの、青黴のあるもの。スフレは、キウイフルーツのような緑色と、薄オレンジ色の二種類があった。

ふたりの個室は、幅の狭い二台のベッドと小ぶりのテーブルがちょうど入るだけの広さだった。食器棚とクローゼットが壁に作り付けられていた。くさび形のバスルームは使い勝手がよかった。朝食をとるために部屋を出るとすぐさまベッドは整えられ、バスルームはきれいに掃除された、というか、誰かがそうしているらしかった。いずれにしても、部屋に戻ってくると必ずベッドには皺ひとつなく、バスルームは磨き立てられていた。ふたりの部屋やこの通路にあるほかの部屋を担当しているのは、とても小柄な人物だった。この性別のわからない人物の姿を一瞬だけ目にしたことがあった。芥子色のズボンがちらりと見えた。別の部屋の鏡に映った黒みがかった肘が見えた。

しかし三日目の朝、ベラはタップダンスをしに行く途中で腹がきりきりと痛んだ。あのパンケーキのせいだ！　喘ぎながら部屋に戻ると、狭いバスルームに人がいるのが見えた。芥子色の制服の背中をこちらに向け、便器の前に跪《ひざまず》いていた。たっぷりした髪が太いひとつの束にまとめられていた。ということは女性だ。足が部屋のほうへ突き出ていた。

「ごめんなさい」とベラは言ったが、献身的に便器を磨いている人は動きを止めなかった。「すみません」ベラはもう一度、今度は大きな声で言い、芥子色の背中に触れた。その女性は弾かれたように立ち上がった。「ごめんなさい」ベラはもう一度言った。「わたし、どうしても……」

立ち上がったメイドは、笑みを浮かべずにお辞儀をした。のっぺりした四角い顔で、年齢がまったくわからなかった。六十代だろうか。その女性は狭いトイレから横向きに出てきたので、ベラは身をひねるようにして入り込み、消毒臭のする便器に腰を下ろしてほっとした。手を洗ってから、小柄な女性のほうを見ずに部屋から出た。その半時間後、ベラはシャッフル・ダンスの訓練をしながら足の動きを鏡に映しているときに、不意に、トイレの水を流し忘れたことに気づいた。でもまあ、それってだれもが経験することよね、とベラは自分の腹部、そして胸に話しかけた。だが、メイドをロボットのように扱ってしまったという羞恥心は消えなかった。

最初の寄港先は新たに独立した島国の首都だった。役所はかつての統治者の宮殿で、公園はハイビスカスとジャスミンで溢れていた。市民たちはスペイン語を話した。ロビンが大学時代に習ったスペイン語を多少とも続けていたのは、患者の大半がスペイン語を話したからだ。それでハンモック販売店の店主と二言三言を交わしたが、店主は、とても丁寧な話し方を身につけている、と彼女を褒めちぎった。案内人と土産物売りは流暢に英語を話した。

しかしベラは第三の言語があることに気づいた。もしかしたら先住民の方言なのかもしれない。肌の色が濃く、担当する仕事が単純な部類に入る人ほど、その第三の言語を使って同僚と話しているようだった。その言語を、ほかの港でもよく耳にした。なかでも、四つ目の寄港先で聞いた言葉は、いつの間にかふたりの心に染みこんでいった。ハートマン先生はどの港もみな同じだと言ったが、港というのはあくまで付随的なものというわけではなかった。違いはいろいろあった。たとえば、最初の寄港先には征服者《コンキスタドール》を思い出させるものが多かった。二番目の寄港先には、大聖堂が一棟と、無数の店があった。三番目は、麻薬を入手できることで有名で、猿の鳴き声を聞くためにジャングルへ入っていくツアーが人気だった。四番目は南アメリカの海岸沿いの町にあり、大学や聾唖者《ろうあしゃ》の学校があることで有名で、コロンブスが発見する前からある港だという。しかしそうした港はどこもかしこも極彩色で溢れ、騒がしく、多くの言語が飛び交い、さらに――ベラが言ってロビンが同意したが――どの港も実は観光客を歓迎などしていなかった。絶対に住みたいとは思えず、むしろ喜んで立ち去りたい場所だった。立ち去り、広い道路を歩き、短い道板を上がり、船へ入れてくれる警備の男のいるところへ戻りたかった。自分の居場所へ！

「金の白鳥」は乗客たちの町になっていた。法律に縛られず、自由な言動のできる町。ダイニングルームでは人々は十人用のテーブルに他の人といっしょに座る。給仕長に促されて、空いている席のあるテーブルに行く。だれもいないテーブルに座ってもすぐに空席は人で埋まる。だれもドレスアップしていない。三月はそもそも学校が休みではないので、参加している子どもたちは少なかったが、子どもが自由に歩き回ることはできなかった。巡回している金髪の乗組員のひとりが、親から離れた子どもを見つけては手を引いて、親のところに連れてきた。乗客が乗組員や従業員が泊まっている区域に入ることは許されていなかった。しかし、それ以外のことは禁じられていなかった。

親しい隣人のように思える知り合いもできた。メイン州からきた一家には、発達の遅れた十歳の息子と聡明な十二歳の娘がいて、娘のほうは一時間ごとのノットをマイルに換算することができ、あらゆる港について調べ尽くしていた。そのメリンダはこの旅行で弟を楽しませる役割を果たすために、あえて学校を休んでいた。それから、背が低くてそばかすのある薬学部の学生は、執筆中の研究論文を持ってきていた。その学生がうんざりするほどえんえんと論文の説明をするので、ベラは黙りこくり、ロビンはときどき「すごいわね、ルーク！」と間の手を入れた。五十代の三人組の女性がいた。再会を祝しているようで、三人でいるのが嬉しくて仕方ないという様子だった。三人は同じ町に住んでいるわけでもなく、従姉妹でもなく、同級生でもなかった。「そういうんじゃないのよ」と弁護士だという女性が笑いながら言った。「似たようなものかもね」とソーシャルワーカーの女性が言った。気ままな主婦といった感じの女性は笑みを浮かべるだけだった。

スタッフの何人かの顔を覚えられるようになった。ビュッフェで給仕してくれるほっそりした顔の男性たち、ダンスの指導員、水難救助員、そしてベラたちの通路を担当している無口なメイド。ほかのメイドにも会った。少なくとも間近で見た。フィットネスの練習をしたあと、違う通路を曲がってしまったのだ。その通路を進んでいくと、診療所という文字が書かれたドアのところに出た。その近くで、頬骨が高く、長い髪のインディオの娘が床を掃いていた。

「こんにちは」とベラは声をかけた。「スイミング・プールにはどうやっていけばいいかしら」

娘は笑みを浮かべるだけで答えなかった。

ロビンはスペイン語で同じ質問をした。

娘は箒を壁に立てかけると、診療所のなかに入った。真面目そうな赤毛の女性が現れた。「なんでしょうか」と彼女は言い、プールへの道順をそっけない口調で教えた。そのあいだもメイドは床を掃いていた。なんて美しい娘。

ずっと年上で、顎鬚を几帳面に手入れしているハートマン先生は、ひとりでいるのを好んだ。ベラは前に、先生がレストランに入っていくのを見かけたことがある。先生はそこで料金を払って夕食をとっていたが、テーブルにひとりだった。ところが、図書室ではベラと時間をすごすことに不満はなさそうだった。教養人である先生の前では、いつもの気楽な読み物を読むのは気が引けたので、午後になると必ずトーマス・マンの短篇小説の二十ページかそこらを苦労して読み進めた。

午後になると必ず……。図書館にいたのは、ロビンとは違ってベラには船の刺戟から逃れる必要があったからだ。いたたまれないほどの騒音。水の音、笑い声、船内に流れる音楽、小さなカジノで響くコインの音。ラテン語由来の多音節語。ルークのおしゃべり。さらに悪いのは、野外ビュッフェだ。朝食と昼食はそこでしか食べられないのだが、初めてその美術館のような目映さを見た瞬間、気分が悪くなった。ビュッフェがただの絵画なら、人をずっと楽しませることができる。しかしそこは現実にある場所、実体のあるものだった。そう表明してはいなかったが、現実のものだった。実体のある胃を持っている現実の人々は、競い合うようにしてそれぞれの皿に料理を盛りあげてすっかり平らげ、また料理の並んだテーブルに戻っていく。ロビンはそうしていた。若いメリンダもそうだ。不釣り合いの女性三人組も食べている。やせっぽちのルークは、さまざまなパンについて語るロビンの評価に耳を傾け、その助言に従ってパンを食べ、自分で選んだ料理をおかわりしていた。ハートマン先生はオムレツをフォークで口に運んでいた。もしかしたら、先生には潤いのある料理が必要なのかもしれない。もしかしたら先生は、払った金額だけのものを手に入れようと心に決めたのかもしれない。しかし、ベラは手の施しようがないほど食欲がなくなっていた。朝にはなにもつけないトースト、昼にはフルーツを少し。夜には主菜のチキンを数口。

「ベラ！　大丈夫？」ある夕食時にロビンが言った。「この仔牛の肉とても美味しいわよ。食べてみて」

「わたしは大丈夫よ」ベラは素直に従姉の皿から気に入らない肉の欠片をフォークに刺した。そして「美味しい」と嘘をついた。

ある夜、夢のなかにある人物が忍び込んできた。よく知っている人だが、その人らしくない慰め方をした。「食べてちょうだい、いい子だから」ベラの母親が泣いていた。「あなたがしているのはダイエットのはずよ。餓死じゃないのよ」

その翌朝、ベラは皿にワッフルを何枚か積み上げ、イチゴとホイップクリームをかけた。しかし一口しか飲み込めなかった。「わたしどうしても……」とベラは言うと、ロビンとメリンダとルークをその場に残して、なんとか自分の部屋までたどりついた。

そこにあの小柄な女性がいて、リネンのシーツの皺を伸ばし、枕を整えていた。あと十時間もすれば、ベラたちが夕食をとっているあいだに、この女性やほかのメイドは枕のなかにキャンディの包みを入れておくだろう。しかしいま、女性は手をバスルームのほうへ伸ばした。すっかりきれいにして使えるばかりになっていますよ、とでも言うように。

「違うの。横になりたいだけ」とベラは言って、ベッドに横たわった。女性は静かに佇んでいた。わけがわからなかったのかもしれない。ふたりは見つめ合った。片や水平の姿、片や垂直の姿で。そして、片や大柄、片や小柄。片や面倒な事業をおこなうために不動産屋を管理している女性、片や他人の使うバスルームを掃除する技術を身につけた女性。そのメイドは、初めて目にしたときに感じた年齢よりずっと若かった。ぼんやりした顔を見て、年をとっているように思ったのだが、今見れば二十歳にもなっていない。ようやくメイドは自分の仕事に戻った。ベラが見ているところで、メイドは作りつけの箪笥の把手を磨いた。掃除用具一式の入ったキャスター付きのカートに布をかけると、それを押して部屋から出て行った。戸口のところで、感情のない顔つきでベラを見た。なにも言わなかった。身分の高い従業員のなかには、金髪の上級船員やめったに目にしない乗組員の真似をして「失礼いたします」とか、「アディオス」とか、スウェーデン語で「アデュ」とか言う者もいるが、このメイドはそうした言葉を一切発しなかった。彼女が口を開くとき、チブチャ語族かクナ語族が使うインディオの言葉を話すのだろう。前日の午後、図書室でハートマン先生はその言語のことを話していた。復興する言語もあるが、ドゥードゥー鳥のように絶滅する言語もある、と。

「ドゥードゥー」ベラは軽はずみにもその言葉を口に出したが、メイドの姿は消えていた。

図書室のあとでベラは、たいていは人気《ひとけ》のないカジノへ行き、ルーレットで遊び、できるだけゆっくりと負けた。この毎日のささやかな遊びに使うのは十ドルまでと決めていた。しかし航海最後の午後、図書室へ行くかわりに美容室に入って髪を丁寧に切ってもらったので、長い首筋が露わになった。耳たぶが大きく見えた。それで、植民地風の港で母のために買ったトルコ石のイヤリングをつけて隠すことにした。それからカジノへ向かった。四百ドルも勝った。金額は徐々に増えていったのだが——初めは少し勝ち、少しだけ負け、それより少しだけ勝ち、というふうに——これほどの大金になったのは、知らず知らずのうちにときどき助けられていたからだ、としばらくして気がついた。ディーラーの補佐役《クルピエ》がほとんどそれとわからない合図を送っていたのだ。眉をしかめたり、頷いたり、首をかすかに横に振ったりして。

ロビンとメリンダとメリンダの一家がプールサイドにいるのを見つけた。「見て！」ベラは紙幣の束を見せた。

ロビンは陽気そうな顔を上げた。「盗みを働いた？」

「人を殺したのよ」メリンダはロビンの言葉を訂正した。それから、弟が不機嫌になったので、弟と追いかけっこを始めた。

「ベラったら。自分にご褒美をあげたら？　ルークはギフトショップで素敵なマホガニーの箱を買ったし……」

「そんなことはしない……。これまで損した分を返してもらう。でも、残ったお金で豪遊しましょう。この船で。『金の白鳥』で最後に贅沢な食事をするの。フレンチ・レストランがいい？　それともイタリアン？　あなたが選んで」

「フレンチ！」

ふたりはいちばん上等の服を身につけた。このときまで狭いクローゼットに吊り下げられていた服だ。ロビンの空色のシフトドレスの裾丈は膝上までしかなかった。肩紐には小さなリボンがついていた。軽薄でとても可愛く見える、とベラは思った。ベラのドレスのスカートは黒くて透き通っていて、丈は長いが踝《くるぶし》までは届かなかった。その上に黒いジャケットを着た。ハイヒールを履き、今度もトルコ石のイヤリングをつけた。いまやこのイヤリングは彼女のもののようだった。素晴らしいわ、とロビンが言った。

確かにハートマン先生も同じことを考えているようだった。ふたりが「ル・ドゥ・フルール」に入っていくと先生は立ち上がり、ベラに熱い視線を向けた。「今日の午後の図書室は死んだようだったよ」とベラに伝えた。

ベラは先生がタキシードを身につけているのを見て、今回の旅ではこれまでと違うものを期待していたのかもしれないと思った。たとえば、普段の孤独とは違うものを。でも、わたしは栄養失調で感覚がおかしくなったり、鋭敏になったりしているだけなのかもしれない、とも思った。この船は、麻薬密売をしている港でコカインを積みこんでいるのではないか。埠頭ではなにやら騒々しく切迫した動きがあったし、船長の制服を着ていた人物は歓迎パーティで握手した人ではなかった。

フレンチ・レストランには顔見知りたちがいた。ベラとロビンがカクテルを飲んでいると、女性三人組が入ってきた。弁護士は深紅のドレスに身を包み、ソーシャルワーカーはシルクのパンツスーツ姿で、スパンコールの服を着た主婦は、元気そうにも勇敢そうにも、疲れ果てているようにも見えた。この人は気の毒に、病気なんだわ、しかも再発したみたい、とベラは思った。そしてたちまちわかった、この三人の女性が病気の縁で繋がっていることに。もしかしたら同じ病気かもしれない。珍しい、快復できない病気。三人は勇敢にも苦しい治療を受けているときにその専門病院で知り合った。おそらく、三人とも住んでいる町は違うのだろう。「同級生かって？　そういうんじゃないのよ」と弁護士は言っていた。ベラがロビンにこのことを打ち明けると、ロビンは驚いたように、「そうに決まってる！」と言った。

ベラはオニオンスープを飲み終えた。ウサギの肉の大半を残した。手つかずのクレムブリュレをロビンにあげた。食事後、ベラが麗しの獲得金で食事代とチップを払ってから、ふたりは少々おぼつかない足取りでレストランを出た。一年に一度の最後の食事を楽しんでいる三人組の横を通り、ハートマン先生が立ち去った椅子の横を通って。

「素敵な旅ね」とロビンが満足そうにため息をついた。そして最後となるパーティに参加したがった。ベラは部屋でしばらく本――魔術師の短篇小説――を読んでからロビンに合流することにした。

札のついたスーツケースがいくつも廊下に出ていた。午前二時にはすべての荷物が集められる。ベラとロビンは就寝時にスーツケースを外に出すつもりでいた。それでベラは自分の部屋に入ると靴を脱ぎ、枕からキャンディを取り出し、ロビンの枕のほうへそれを放り投げてから横たわった。しかし本は読まなかった。本を読まずに考えていた、病に苦しむ三人の女性たちやハートマン先生や、「金の白鳥」の新旧ふたつの生き方について。無作法なルークに一瞬同情したりもした。メリンダは幼い頃から人への気遣いを身につけ、介護を仕事にすることを運命づけられていた。

ベラはドアを閉めずにおいた。担当のメイドが空のバスケットをかかえて通り過ぎた。バスケットにはキャンディが入っていたのだろう。ベラが飛び起きて廊下に顔を突き出すと、ほっそりした人影がスーツケースをよけながら廊下を進んでいくのが見えた。廊下の突き当たりには業務用の階段があった。メイドはその階段に通じるドアを開けた。そしてドアが閉まった。

面白い……これは渇望の新しい形だ。ベラは靴を履かずにドアを閉め、業務用のドアを目がけて走った。ドアのところで止まり――一《ウノ》、二《ドス》、三《トレス》――それから開けた。階段は、中心にある太い柱を囲むようにして螺旋状に下へ下へと伸び、メイドの制服の色と調和する黄色い筒のなかにおさまっていた。ちょうど手で掴まれるように肩の高さに溝が刻まれている。黒い頭が階段のひとまわり下に見えた。ベラは、歩み板のような階段の最上階で動きをとめた。それから溝に指をかけながら、メイドの後を追って降りていった。漏斗型になった階段のせいでふたりは音も立てずに下っていく。メイドは新しい階を示すドアを気にも留めなかった。いきなりその姿が消えた。階段が終わったのだ。そしてベラ自身も階段のいちばん下に立つと、そこを覗き込んだ。

広々とした部屋に、舷窓はひとつもなかった。そこの明かりは赤茶色で、図書室やカジノやベラの個室と同じだった。貯められ、赤茶けた水にさらされてから放出された光のようだ。青い色はここにひとつもない。空も海も遠い彼方にあるかのようだ。部屋の真ん中には、床にボルトで固定された架台に板を渡しただけのテーブルがあり、その両側にベンチが置いてあった。パンを焼くにおいがした。ベラが嫌いになったどっしりしたパンだ。壁に取り付けられた何段もの寝台からいびきが聞こえてきた。この部屋の下では船のエンジンが鼓動していた。いまは蒸気ではなくてディーゼルエンジンだ、とハートマン先生は言っていた。それ以外の音は聞こえなかった。

簡易テーブルの端に桃が盛られた器と、細かな泡の立つ液体の入った水差しがあった。何人かが桃のそばでトランプに興じていた。その人たちが話をしていないことにベラは気づいた。口を利かずに自由に動く方の手をときどき動かしている。テーブルの反対側の端では女性と男性がものすごい早さで手話を交わしていた。部屋の隅の、寝台が重なるように置かれているところに奇妙なものがあった。ロッキングチェアだ。そこに長い髪の若いインディオの女性が、赤ん坊を腕に抱いて腰を下ろしていた。生後六カ月くらいの乳児。八カ月かもしれない。ロビンなら赤ん坊の年齢を言い当てられるだろう。

ベラはしばらく螺旋階段のいちばん下にある休憩室に留まっていた。黒い服を着ていてよかったと思った。担当のメイドが、空のバスケットをフックにかけるために歩みを止めた。それからロッキングチェアのところへ駆け寄った。指をせわしなく動かしながら、赤ん坊を抱える若い女性に何か伝え、その女性も赤ん坊の下から腕を引き抜き、同じようなやり方で答えた。それからその女性が立ち上がってメイドに赤ん坊を手渡すと、メイドがロッキングチェアに腰を下ろして制服の上着のボタンを外し、その下の衣服のボタンも外した。そして赤ん坊を胸に押し当てた。首を捻《ひね》るようにして赤ん坊の目を覗き込む。その顔にようやく表情らしきものが浮かんだ。ささやかな喜びに似た表情が。

それまで赤ん坊をあやしていた女性は、ベラとロビンが船内で迷った日に診療所の前で掃除をしていた人だった。いまその女性は、テーブルやトランプで遊ぶ人たちや活発に手話で話している男女のそばを通って部屋を横切ってきた。そしてベラが隠れている場所に来た。今回彼女は難なく指図することができた。「出ていきなさい」と言葉を発せずに、人差し指を上へと向ける美しい仕草でベラに命じた。

ベラはしばらくのあいだ聾啞の従業員たちを見つめた。こうした人たちを雇い入れているのは、温情主義の船会社による思いやり活動の一環なのか、それとも密輸マフィアによる気の利いた措置なのか。ベラはさらにお乳を夢中で飲んでいる赤ん坊を長いあいだ見つめた。この小さな密航者を隠し通すために、この部屋にいる人々は、そしていまやベラも、結託しているのだ。そうした有益な知識を仕入れてからベラは螺旋階段を上った。体重が前より二キロほど増えていたら、もっと楽に上れただろう。

その後、ベラは自分の荷物を詰め込み、ロビンの空っぽのスーツケースをロビンのベッドの上に置いた。ロビンの土産物や水着をスーツケースに入れてあげようか……。そのとき鍵をまわす気配がして、ロビンが部屋に入ってきた。青白い肌に汚れがこびりつき、整えてあった髪は乱れて倒れかかり、肩紐の片方がちぎれていた。

「ベラったら！　そんなことしないで」ロビンはくすくす笑った。そして手早く衣類をスーツケースに押し込んだ。土産に買ったハンモックと、小さなマホガニーの箱も。鼻歌を歌っているロビンは、何をしていたのかとベラに問いただすつもりはないようだった。そしてベラも、「金の白鳥」の秘密を明かすつもりはなかった。たくさんある秘密のなかでもあの秘密だけは。そしていきなり気分が沈んだことも――嫉妬のせいだろう――ベラは秘密にしておいた。

ふたりの従姉妹はそれぞれのスーツケースを廊下に運び出し、服を脱いでベッドに入り、なにも言わず身動きもせず、ベラはときどきロビンのほうをちらりと見たが、ロビンのほうはひっきりなしにベラの様子を伺っているようだった。

行き止まり

Cul-de-sac

I

ダフナは自分の都合のいいときにいつでもいきなりやってきてはまくし立てた。もっとも、金曜日は例外だった。安息日にあたる金曜の夜は、夫がその日にふさわしい料理を求めたからだ。ダフナの安息日の準備はいい加減なものだったが、ともかくその日は忙しかった。火曜日と木曜日の午後には、ヘブライ語を地元の礼拝堂《シナゴーグ》で教えた。月曜日はどうかといえば、週末のあいだに積極的に動こうとする気力を失っているので、ダフナですらエネルギーを抜き取られていた。

そういうわけで、否応なく水曜日が、彼女が不意に訪問するに適した日になったのだ。水曜日、夫は大学で二コマの授業があり、午後には大学院生のセミナーをおこない、夕方には社会人のために概論を述べた。夕飯は大学のカフェテリアで取るので、ダフナは料理のことを忘れて、ツナ缶を開けてひっくり返し、薄切りにしたトマトを並べた皿を調理台に置けばよかったが、調理台はすでに、宿題や半分かじられた林檎やイスラエルの新聞などで占められていた。そこがあまりにも取り散らかっている場合には、子どもたちは床のうえで物を食べることもあった。新聞は古い日付のものだった。「古聞」と彼女は言った。「意味がないとわかったものか、嘘だと証明されたものか、そのどちらかのニュースしかないから、読むと目眩がするほど高い所へ連れていかれたような気がする。マジックリアリズムの作品みたいにね。アン、あなたガルシア゠マルケスは読んだ？　サラマーゴは？」ダフナは質問の返事を聞くために口を閉ざそうとはしなかった。だって聞いたって忘れちゃうから。

子どもたちは缶詰から直接ツナを食べることもよくあった。三人の聡明で可愛いらしい娘たちは、引っ越してきたときには、上から十五歳、十三歳、十一歳だった。娘たちは母親のやり方に慣れていたし、母親の役割を引き継ぐことを覚えた。「父母と教師の会」を準備してその日を母親に思い出させたり、通学用の服を買いにいく日取りを決めたり、日曜の朝に家の掃除をする段取りを決めたりした。水曜の夕食は生の人参とそばの実で、そこに別の料理を加えることもあった。旧式のコンロの後ろのバーナーでそばの実をゆでるあいだ、いちばん上の娘が玉葱をバター炒めにした。わたしがその様子を目にしたのは、キッチンの換気扇のことで意見を聞きたいからと言うダフナに、家まで引っ張られていったときのことだ。換気扇がストライキしちゃって、とダフナは言った。上の娘の黒髪がうなじのところで緩くひとまとめにしてあった。鼻筋の通った美しい横顔が俯《うつむ》いて調理に集中していた。そのとき玄関ホールで電話が鳴り、下の娘が電話に応じ、上の姉の名前を呼んだ。代わりに下の姉がなにも言わずに玉葱を炒めた。

「この最低の換気扇」とダフナが言った。黙るということがなかった。

「電気屋を呼びなさい」とわたしは助言し、逃げ帰った。

それで、水曜日の午後にダフナは、自分で玉葱を刻まなくてもよくなり、四人の抵抗する隣人の家を好きなだけ訪れることができたのだ。

わたしたち四人にはそれぞれ、彼女を避けるやり方があった。

ルシアンは、七十五歳くらいの未亡人で体重が多めだったが、少女のように素早くキッチン・カウンターの下に入りこむことができた。太い脚を曲げ、太い腕で膝を抱え、ごみ缶や野菜くずを入れた箱のそばで体全体を丸め、玄関の呼び鈴が鳴り止むまで息ごしらえの避難所で微動だにしないでいた。呼び鈴が止むと、避難所から這い出してなんとか立ち上がり、その日首に巻いていた夢見がちな色のシフォンのスカーフを結び直した。

午前中に診療所で働いているコニーには、もっと戦略的な防御作戦があった。午後四時に夕飯用のチキンを一羽オーヴンに入れると、二階にある診療所の小部屋に駆け込み、それ以降ずっと姿をくらませているのだ。ブリーフケースを開け、二時間ほど書類仕事をする。チキンが縮んでしまうこともあるが、それがなんだというのだ？

わたしはといえば、ルシアンやコニーよりも気楽にその日を過ごせた。離婚しているし、子どもたちはもう家を出ている。一週間に一度、友人のランドのために舌平目を茹でるが、ほかのときにはキッチンを使うことは滅多にない。日曜の夜にはランドがクラブのダイニングルームに連れていってくれる。高窓があり、大きな肖像画が掛かっているその場所で、とても長い夜を過ごす。わたしは自分の名前が付いている不動産屋を経営していて、客を売り家に案内する手はずをいつでも整えられるし、危険な水曜の午後にはたいてい、客が家を買う気にさせるための、言葉によらない技術を使った。従業員たちは、社長はその長身とほっそりした容姿だけで商売している、と言う。ボーナスが心から欲しいときには従業員は、その金髪も魅力的だし、と付け加える。

それなのに、この通りに住むオールドミスのシルヴィアが早速、ダフナの餌食になってしまった。シルヴィアは昼食が済むとお酒を飲みはじめ、三時間も経てば勝手口の扉をついうっかり開けてしまうことがよくあった。その頃にはブラウスがいつの間にかスカートからはみ出していている。朝にはひとつにまとまっていた白髪が、螺旋状にだらりとゴムバンドから垂れ下がっている。

「まあ、シルヴィア、家にいてくれてうれしいわ。お茶を一杯飲む時間あるかしら?」しかしダフナはこんな台詞は言わない。ダフナが四人のうちのだれかをまんまと捕まえるときに、そんなことを言ったためしはない。ルシアンがその日が水曜日だということをうっかり忘れてキッチンの窓から変わり映えのしない風景を眺めているところをダフナは見逃さなかった。コニーの場合、彼女は危険な時間帯にキッチンに急行し、チキンに肉汁をかけようとしたとき、テラスに通じるガラスの扉を叩く音で足を止めてしまった。わたしのときは、家の売買がうまくいって早めに帰宅し、ガレージから勝手口へ駆けていく途中で声をかけられた。

ダフナはこんなふうに話を始める。「こんにちは、わが友よ《シャローム》。ここでも、エルサレムでも恥ずべき事件が多いわね。それにフランスの馬鹿な大臣が自分の伝記のライターとベッドにいたところを見つかったんですって。すべての政治は地元から始まる、とある政治家が言ってる。地元ですって?　もっと限られたところじゃないの。わたしに言わせれば、それはつまり家の中よね。でも、わたしの意見なんてだれも聞いてくれないけどね。うちの排水溝に落ち葉が詰まっちゃって。長いことお邪魔できないのよ。クランベリーを煮ている最中だから」。クランベリーはしょっちゅうコンロの上で煮立っていて、そのまま忘れられることも多かった。ごみ回収日に、ダフナは新聞の束の上にアルミの深鍋を載せていたが、その内側はいくら擦《こす》っても消えない紫色に光っていた。「毎年およそ七万平方メートルにも及ぶクランベリーが生産されてるの」とダフナは続けるかもしれない。「クランベリーの木は、泥炭の酸性土壌か野菜用土壌で育つの。天然元素の周到な再利用ね。まるでタルムードが定めたみたい。ヘブライ語ではクランベリーのことをハムジトというの。フランス語ではキャンヌベルジュ。リンネ式分類法では……」ひょっとしたら、ここで短い間を置くかもしれない。その瞬間を逃さず、裏庭にまだいたわたしは、電話が鳴っているからと言って家のなかに駆け込んだ。シルヴィアは、戸口に寄りかかったまま、静かにげっぷをした。ルシアンは、スカーフを直しながら、昼寝の時間だからと告げた。テラスに通じるガラスの扉を開けたコニーは、抑揚のないウィスコンシン訛りで、そのお話はなかに入ってからいかが、と言ったのだ。

どんな言い訳を並べたてようと、ダフナは家のなかに入ってきて、相手がいるふりをして話している受話器のほうに耳をそばだてたり、シルヴィアの後についていったり、ルシアンのわざと疲れたような格好を無視して、彼女が勝手口のところまで撤退して扉を開けるまでじっと待ったりしていた。「リンネ式分類法では、ワキニウム・マクロカルポンというのね」。しかしこのときにはもう、ダフナはシルヴィアの、あるいはルシアンの、コニーの、わたしの朝食用のテーブルに腰を据えていた。そして、シルヴィアは、あるいはルシアンは、コニーは、わたしは、彼女の真向かいに座って、テーブルの上かクロスの上に両手を広げて置き、自分の手の甲をじっと見つめた。狂犬といっしょにいるときのように、ダフナと目を合わさなかった。

「そうそう、政治といえば」とダフナはさらに続けた。「朝食のときに夫と妻とのやりとりが、その日のことや、その年のこと、それどころか国家のことまで決定するわ。実はそれが、食料品店の不注意なミスからこちらの運命を意のままにする愚かな考えまで、あらゆることに影響を及ぼすの」そこで彼女は身を乗り出す。「巡回中の警官にまでね」彼女はさらに身を乗り出す。「わたしの下の娘はね、ゴドルフィンの十一歳の子どものなかでいちばん数学の才能があるわけ」これはもうひとつの彼女の大きな自慢の種だ。「溝に詰まった枯れ葉をどうしたらいいのかしらね」

ダフナは、茶色の縮れ毛、完璧な菱形の顔——額が狭く、顎が小さく、両頬の骨がアーモンドのように膨らんでいる——をしていた。大きな灰色の目は水のように静かで、ぷっくりした唇はいまにも泡を吹き出しそうだ。踝《くるぶし》丈のスカートと長いオーバーブラウスを好み、冬でもサンダルを履き、どんなときでも靴を履こうとしなかった。子ども用の挿絵入り旧約聖書から飛び出してきたような姿だ。一方夫のほうは、マンハッタンのヘスター通りで一八九〇年代に撮影された写真から飛び出してきたような姿だった。黒いズボンに黒いベスト、白いシャツに小さな髭を蓄えた移民の仕立屋そっくり。しかし、キッパ（ユダヤ教徒の男性が被る円形の帽子）は被っていなかった。わたしたちは信心深くないの、とダフナは言った。金曜の安息日の食事はエルサレムの生活を再現しているだけ、と。「どの家も、不信心の家でも敬虔な家でも、金曜日の夜はいっしょに食卓に着くわけ。質問し合うの。それがわたしたちの伝統」

わたしたちはエルサレム出身なのね、と彼女は言った。みなエルサレム生まれ。アヴナーは委任統治時代（一九二三年～一九七八年）に。ダフナはスエズ危機（一九五六年～一九五七年）のときに、上のふたりの娘は第一次インティファーダ（一九八七年～一九九三年）のときに、下の娘は中東和平会議（一九九一年）のときに生まれた。一家はエルサレムの美しい地区で暮らしていた。「石が金色に輝いて、ピンクに見えるの。高価なフェイスパウダーみたいに」それからアヴナーはこの地の大学で政治学の教授職を引き受け、一家は八月にあたふたとやってきた。だれかにわたしの名前を聞いたらしく、それでわたしがこの一家に、モップ形をしたこの通りにある化粧漆喰塗りの家を売った。前の体の弱った所有者は、老人ホームに入る前に思いきって新しい暖房器具を設置していた。家と調度品を売っても大した値段にはなりませんよ、とわたしは言った。かつての所有者が手にしたのは「はした金」だった。

アヴナーは六十歳。ダフナは四十五歳。ちびの学者がその当時、あんなに背の高い美女をどうやって口説き落とせたのか。わたしたちには皆目わからなかった。「あのね、わたしのアヴナーの頭脳って、まるで高層ビルのホテルみたいだと思う。どの階も稼働しているって感じ。わたしは二十六歳だった。ギルボア山でプロポーズされた。アイリスの花を見に登っていったんだわ。わたしは野原を駆け巡って。彼が追いかけてきて。それからもう一度、ベン・マイモン通りのユーカリの木の下でプロポーズされた。ラフ・クーク通りでも。父の家の書斎で、彼はお嬢さんをください、と父に頼んだのね。書斎には七ヵ国語の本が並んでた。いいえ、九ヵ国語、いや、十一ヵ国語ね。愛する父が話せたのは十ヵ国語。でも、話せないけれど読むことはできた言語があった。なんだと思う？　さあ、考えてみて」彼女はこのとき、自分の朝食用テーブルで自分の関節をじっと見つめている隣人に向かってそう命じるだろう。「ペルシャ語よ」

　ダフナは四人の特徴をちゃんとわかっていたはずだが、わたしたち四人をひとりの女性だと思っていたふしがある。話を聞くときの相手は確かにひとりだったけれど。ルシアンは母親がフランス人なので、いろいろな種類のソースに詳しかった。コニーはソーシャルワーカーなので、娘の反抗に耐える人向けの講座を勧めることができた（でもダフナに勧めるものがひとつもなかった。だから彼女は鞄のように口をきっちり閉じていた）。シルヴィアは飲んでいないときには頭が切れた。父親が哲学を教えていたスワスモア・カレッジ（ペンシルベニア州の私立の四年制大学）のキャンパスで育ったのだ。言葉の意味をよく知っていた。悲しみがどういうものかよくわかっていただろう。

　そしてこのわたしは？「あなたはアメリカの王族」とダフナは言った。「ジョン・アダムズ（二代目のアメリカ大統領）の直系の子孫。ちゃんと知ってるんだから」

　それは本当だ。ただ、アダムズ家の子孫は何千人といる。さらには、それとは関係のない事実、奇妙な事実があるのだ。わたしは三人の隣人と同じようにダフナを避けていたが、それはシルヴィアが言うように、彼女に軒を貸せば母屋を乗っ取られそうだったからであり、ルシアンが言うように、ダフナがちょっと変わっていたからであり、コニーが言うように彼女の強烈さでこちらが黒焦げになる気がしたからだけれど――物事の本質を突くようなこの発言は、コニーの口からするっと、まるでファックスで送られてくる標準賃貸契約書のように出てきた。確かにわたしもダフナを避けてはいたが、半分は、というか四分の一くらいは、捕まえられるときを面白がっていた。彼女の絶え間なく続くおしゃべりのなかには有名人のゴシップもあった（この世界にいる人について彼女は何かしら知っていた）。「クランベリー」の言葉にまつわる情報や、干上がった母国に対する意見もあった。「わたしたちがからからに干上がっていて、水を崇拝し、喉にかかる子音を発音するのは、咽頭が滑らかじゃないせいなの」。住宅ローンの利率とつなぎ融資と家の足跡と都市区画条例で成り立っているいつもの会話とはかけ離れた、こっちの調子を狂わせる話題だった。西側世界の教養の凋落《ちょうらく》についてのランドの真面目くさった見解からもかけ離れていた。

「わたしたちが見物をしに行くたびに、アヴナーがお偉いさんたちの会議に呼び出されてね。あの人は本当に偉いの」。確かに、あのちびの仕立屋はちょくちょく旅行に出た。わたしたちは超俗的な大学の会議に出席している彼の姿を思い描いた。夫の留守中、妻は毎晩ツナを缶詰の缶から直接食べた。「彼はわたしの夢を横取りした」とダフナは言った。「わたしは彼のいい人」とわたしに告げた。「彼の愛しい棘よ」とわたしに言った。「彼の最愛の悪魔なの」とわたしに、わたしに、わたしに語った。

土曜日はわたしたち四人の身は安全だった。アヴナーとダフナは礼拝堂《シナゴーグ》の礼拝を軽蔑していたが、安息日の朝には一家で聖書の研究をし、午後には娘たちに引っ張られて買い物に行った（安息日とは金曜日の日没から土曜日の日没までをいう）。日曜の朝には全員で家を掃除した。しかしそれ以外の時間は危険だった。日曜の午後——ほかの時もそうだが——ダフナは玄関の七段の階段を元気いっぱいに掃くことに専念する。階段をモップで拭いてから、また掃き清めることがよくある。季節によっては、生け垣を剪定している街角の男やもめや、雪かきをしている別の街角の年配の独身男と熱心に話しこんだりした。そうした会話は、女性から老人へ、老人から女性へのわめき声となっていくのが常だった。間もなくダフナは、箒を悪い夢の余韻のように引きずりながら通りを斜めに横切って剪定男のところへ行ったり、通りを下って雪かき男のところへ向かっていったりした。相手の男は最後には家のなかに入り、度数の強い酒を呷《あお》った。それからダフナは、必ずわたしたちのひとりに的を絞った。おそらく彼女の隣の家に住むルシアンに（その家を売るようなことになったらわたしは、「素敵なチューダー様式の家」と言うだろう）。あるいは通りの真向かいにある手入れがされていない家のシルヴィアに（「ヴィクトリア様式のぼろ屋」）。あるいはシルヴィアの隣のコニーに（「テラス付きの真新しいコロニアル調の家」）。または、通りの行き止まりに女主人のように建つ家のわたしに（「階がスキップフロアになっている魅力的な家」）。

しかしダフナは、わたしが日曜日には忙しくて、家を訪れてもわたしを見つけられないことを知っていた。家にいたとしても、上の階にあるバスルームの隙間から彼女がやってくるのが見えるかもしれないと思い、彼女は玄関の呼び鈴を鳴らすことは絶対にせず、必ず裏口へまわった。素足で、箒を上下逆さまに持って通りを渡ったかと思えば、また渡り直すので、姿が現れたり消えたりした。箒の髭がついた横棒がちょうど彼女の頭の上あたりにあった。まるで農民の娘が軍人の求婚者を得たかのようだった。あるいは警官の求婚者を。

木曜の午後にはいつもわたしは、ゴドルフィン・センターのコーヒーショップでランドと会っていた。会う前にはさっぱりするために家にいったん帰る。十月の木曜日——ダフナが町にやってきて二回目の秋なので、彼女の予定表は把握していた——通りの様子をざっと見てから、自宅を出た。もちろん、安全を期すためにダフナの家の向かい側の歩道を、一目散に歩いていった。

「こんにちは《シャローム》！」ダフナが大きな声で呼びかけた。玄関の階段のいちばんうえで箒を手にして立っていた。窓から外を見ながら、飛び出すタイミングをはかっていたに違いない。

「お出かけ?」

「コーヒーを飲みにね……お友だちと」わたしは歩く速度を緩めなかった。「遅刻しそう」後ろに向かって言った。

「マリゴールド・カフェで?」彼女が叫んだ。

わたしは頷いた。顔をまっすぐに前に向け、右腕を翼のように後ろに延ばしていた。それが本当に翼だったらよかったのに。

「ごいっしょするわ」その瞬間、彼女はわたしの傍らにいた。まっすぐに立てた箒の真ん中あたりを手で持ち、素足でこちらの歩みに歩幅を合わせた。

「ダフナ、木曜日は教えているのでは?」

「仮庵《かりいお》の祭りで、授業はなし」。もちろん、そうでしょうよ。さまざまなユダヤ教の行事では、葉っぱを載せた小屋が一夜にして現れるのだ。「脇にかかえてるその本、面白い?

うちの上の娘は手にしたものはなんでも読むの。目が覚めると本を読み、眠るときにも読み、玉葱を刻んでいるあいだも、シャワーを浴びるあいだも読んでいて……」

「ものすごい離れ業ね」

「すっかり自分のものにしてる。中の娘の担任によれば、これまでの教え子のなかでうちの子がいちばん科学の才能があるんですって。きっと医者になるわ。絶対にそうなると思う。アメリカ先住民の居留地で、致命的なアルコール依存の患者を治療するようになるんだわ」

「夫は酒のみだったのよ」

「オジブワ族だった？」

「聖公会員《エピスコパリアン》よ」

二階建ての家が建ち並んでいるところを通り過ぎた。「ああいう家は、敷地の三分の二を庭とか樹木とかにしたほうがいいのにね」と彼女が言った。「それなのに全部舗装している家もある。どうして？　車のためね」彼女の家は車がなく、トロリーバスを使ったり、時折タクシーを利用したりしていた。テレビもなかった。「昨日の夕焼けを見た？　青みがかったきれいな紫色だった。ギルボア山のアイリスみたいでね。屋根裏で立ち尽くしてた。あそこの窓、西に面してってね。電話が何度か鳴ったけど、そこを動くつもりはなかった。といっても、電話はだいだいアヴナーか娘たちにかかってくるだけ。上の娘は十六歳。あの子に夢中になってる男の子が何人もいるの。罪深い子よ」

わたしたちはゴドルフィン・センターにたどり着いた。マリゴールド・カフェの店内は狭いのだが、三方が鏡張りになっているので奥行きがあるように見える。ランドは奥のテーブル席に鏡を背にして座り、白髪と気品のある背中を鏡が映していた。「じゃあね、ダフナ」

「あの子たち、耳にピアスの穴を開けたがってるの。どう思う？　ええ、わたしもピアスはしてる。でも、わたしたちが若いころは、耳でおしまいにした。わたしが恐れてるのはね、耳たぶの次は唇になって、その次にはおへそ――」

「じゃあまたね、ダフナ」

彼女はわたしを睨みつけるような目をし、素足で歩道に立っていて、顔のそばには箒の剛毛があった。「いつ食事をしに来てくれるの？」彼女はよくこの質問をした。

「そのうちに必ず」わたしは果たすつもりのない約束をよくした。わたしは侮辱されたかのように身を翻した。この場から離れるにはこうするのがいちばんいいのだ。わたしはマリゴールドの店内に入り、テーブル越しに愛しいランドの頬にキスをした。そして彼の向かいの席に着いた。

「おやおや」ランドはわたしが疲れ切っていることに気づいたように言った。それから「おやおや」ともう一度言って、わたしの背後に視線を送った。「外で通行人の邪魔をしているのは君のご近所さん？」

わたしは鏡に映った外の光景を見た。カフェの窓の向こうにダフナがまだ立ち尽くしているので、歩行者はよけるようにして通っていた。苛立たしそうな人。立ち止まって話しかける人。彼女を取り巻く人がどんどん増えていき、まっすぐ歩きたい人たちが怒りを露わにしていた。ねえ、そんなでは足が痛いんじゃないかしら、と老婦人が話しかけているに違いない。素敵な箒ね、とお調子者が言う。保護施設にお連れしましょうか。ダフナは話しかけてくる人に顔を向けた。ようやく警官が小集団のなかに割り込んできて、彼女に腕を差し伸べた。

後でコニーの夫から聞いた話では、ダフナと警官と箒は通りを進んでいったそうだ。ダフナは話し続け、警官は耳を傾けていた。それでコニーの夫によれば、ダフナが逮捕されたのかどうかはわからなかったが、彼女はようやく自分の話に真剣に耳を傾けてくれる人に出会えたのだ。

Ⅱ

その警官の名前はサム・フラナガンといった。

背が高く茶褐色の巻き毛で、獅子鼻、満面に笑みを浮かべていた。もしわたしが彼を家に連れてきたら、父は彼を放り出したことだろう。父が許せる相手はユダヤ人だけだった。アイルランド人を忌み嫌っていた。サムは二十五年前に、わたしたち不動産業者がいまも「ウィスキー・ポイント」と呼ぶ地区にあるマガジン通りで生まれた。ダフナが徹頭徹尾エルサレム人であるように、彼も根っからのゴドルフィン人で、両親の粗末な家に八人の兄弟姉妹とともに暮らしていた。いちばん上の姉はブータン出身の男性と結婚して家を出ていた。

「その家のめちゃくちゃな様子、想像できる？」とダフナがわたしに言った。「兄弟姉妹とその友人たち、伯父や伯母が大勢いて、みんなお酒を飲んだりテレビを見たり、ものすごい大騒ぎをしたりしているの。まるでアラブ人。学者にはとんでもない環境ね」

サムは学者と言えなくもなかった。警察学校を卒業して理学士号を取り、いまは折に触れて法律を学んでいた。この町は勉強する公務員に学費を払ってはいるが、当然ながら勉強するための家や個人用閲覧室などを用意することはない。「うちに来れば、じっくり考えたり学んだりすることができるし、娘たちは蛍光ペンを何百本も持っているしね」

それでヴェスパ（イタリア製のスクーター）に乗ったサムが、平日には毎日のようにあの恐ろしい家（戦前の広々とした家に新しい暖房器具）にやってくるようになった。午後に来るときもあれば、夜にやってくることもあった。「朝にもよ」と知らせにきたルシアンの頬は、その日のスカーフのようにピンク色だった。

「おまわりさんは勤務時間が交代制だから」とわたしは言った。

「学校に行く前に、娘のひとりをスクーターに乗せてあげてる」

それは知っていた。サムが後部座席に娘を乗せて男やもめの家の前を曲がっていったときに思い出したのは、わたしの素晴らしい馬、パトリックのことだった。パトリックはハノーヴァー種で、背までの高さが百七十センチあった。プライズ・クロッシングの馬小屋に預かってもらっていた。十代の頃には、週に三日はパトリックに乗りにいった。路面電車でサウス・ゴドルフィンからノース・ステーションまで行き、そこで鉄道に乗り換えて馬に会いにいった。そして両親のことも思い出した。あのサウス・ゴドルフィンの邸宅（二一エーカーの敷地に建つイタリア風の家で、スイミング・プールと馬車置き場があった）を両親はよくぞ維持していたものだ。そして父の会社が倒産し、身なりのいいふたりのイタリア人に会社を乗っ取られたことも思い出した。「外国人めが」。そして誤解に基づいたわたしの結婚。父の不運を目の当たりにして、結婚に踏み切ってしまった。若者と娘がスクーターに乗っている姿を見て、そうしたことすべてを思い出した。柔らかなシフォンのスカーフを首に巻いたルシアンと、酒をちびちび飲んでいるシルヴィアと、思いやり深いコニーにも、思い出すような若い時代があっただろう。それについてはよく知らない。というのも、わたしたちは後悔や成功について話さないからだ。それに、サムがダフナを後ろに乗せ、ダフナがサムの革のジャケットに両腕でしがみついて髪をなびかせながら出て行った朝、玄関の階段を降りたところにいたアヴナーがどんなことを考えていたのか、わたしにはまったくわからない。わかっているのは、アヴナーがふたりに手を振っていたことだけだ。

この頃、下の娘を連れたダフナの姿をスーパーマーケットで頻繁に目にするようになった。娘は商品をひとつひとつ丁寧に調べ、一グラムあたりの値段を割り出してはいちばん安い品物を選び、同時に合計金額も暗算した。その子がそうしているのをわたしが知ったのは、コニーが驚くべき洞察力で、その子の頭のなかで歯車が高速回転しているのを見たからだ。ダフナが毎晩料理をするようになったのを知ったのも、ルシアンがたくさんのレシピをダフナに渡したからだ。ダフナの一家とサムが、キッチンの調理台のまわりに集まって食事をすることはできたかもしれない。あのがらくたがきれいに片付けられたのであれば。しかし安息日の食事が出されるのは調理台ではなく、ダイニング・ルームと決まっていた。暗い部屋にもとからあった重くて黒いテーブルだ。金曜日に彼女の家のそばをゆっくり通ると、そのテーブルに六人が集まっているのが見えた。蠟燭の明かりのなかで、平然と参加しているサムの巻き毛が見えた。

水曜日が怖くなくなった。どの日も安全になった。ダフナは人数が増えた家族にかかりきりになった。彼ら全員が優れた聞き手であってくれたらいいのだが、とわたしは思った。

Ⅲ

その荷物が来たのは水曜日のことだった。年が明けてすぐの水曜日の朝だった。郵便配達員から両手で抱えきれないほど大きな荷物を渡された。長方形の荷物にはイスラエルの消印があり、英語でダフナの住所が書いてあった。「あそこにはだれもいないんですよ。フラナガンも」(配達員はなんでも知っていた)。「預かってもらえますか」。立派なゴドルフィンの一市民としてわたしは求めに応じた。

その荷物のことをその日は忘れていた。しかし翌日の木曜日にマリゴールド・カフェから戻ってくると、スティーヴン・バドラムの箪笥の上にその荷物があるのに気づいた。この箪笥は父の家から持ち出せた唯一の調度品だった。荷物を持って通りに出た。十二年前に買った、みごとなまでに美しかったこともあるカワウソの毛皮のコートを着て、かかとの高いブーツを履いたままだった。その夜は靄《もや》が立ちこめていて、コートの前を開けて歩いていても寒くはなかった。この日の午後、わたしはランドにプロポーズされた。そのことをわたしは考えていた。ウィングズネックから彼と船でセーリングに出るのが好きだった。もう一度お金持ちになりたかった。不動産業を売却してもいい。それに、パトリックのことを忘れることはできないが、また馬を飼ってもいい。

わたしは七段の湿った階段を上った。呼び鈴を押してもだれも出てこない。階段を下りて私道に戻り、スクーターのそばを通りすぎた。勝手口の呼び鈴を鳴らした。

ドアを開けたのはだれ？　たぶん下の娘だ。中の娘とふたりで床に座り込んで、器に入ったシチュー――これはルシアンのレシピのはず――を食べていたところを、慌ただしく立ち上がって出てきたのだ。ひとりはスプーンを使って食べていたが、もうひとりはスプーンを使っていなかった。シチューそのものは、コンロの上の大きな琺瑯の鍋のなかにあり、そのいい匂いが別の鍋で煮立っているクランベリーのひどいにおいですっかり消されていた。ほかのコンロで別の料理も作られていた。オーヴンでは、ここからは見えないが、どうやらお菓子が焼かれていた。修理されない換気扇はさまざまなにおいを追い出せなかった。部屋のなかはじっとりし、明るいところはあるにはあるが、まるでレンブラントの描いた酒場のようだ。調理台の上の傾いたランプからわずかに明かりが射していた。一九三〇年代頃に作られた、天井にはめ込まれた黄ばんだ円盤型の照明からも、支柱のてっぺんにある破れ笠のついた電球からも、コンロのところに付けられた薄ぼんやりした蛍光灯からも、光が幾分かは射していた。ダフナはコンロのそばに立ち、鍋をかき混ぜたり味見をしたりして、木製のスプーンを笏《しゃく》のように掲げた。ダフナと娘たちは耳たぶに金色の環を付けていた。娘たちはピアスに関しては勝利を手にしたようだ。三人のたわんだ長い髪はつやつやしていた。上の娘は背の高い丸椅子に腰かけて本を読んでいた。アヴナーとサムは調理台に向かって座り、ワイングラスを動かしながらおだやかに議論していた。調理台はいつものように散らかっていたが、皿はすでに何枚か出ていた。

わたしはダフナに近づいた。「この荷物、あなた宛てよ」ニンニクとローズマリーのにおいに圧倒された。ふたりの男性は遅ればせながら立ち上がった。サムがワイングラスを倒した。わたしは荷物をダフナに手渡した。

「パパからだ！」ダフナが叫んだ。宛名が書かれたごわごわした紙を破り、波形の段ボールを開けて三冊の本を取り出した。一冊がフランス語で一冊がドイツ語だった。もう一冊の表紙には美しくうねった文字の型押しが施されていた。彼女はその三冊を胸に押し抱いた。わたしがアヴナーに手で座るよう合図すると、アヴナーは座り、サムも座り、和やかな言い合いを再開したが、議論の内容は「人権宣言」に関するものだった。ふたりはもちろん英語で話をしていた。真ん中と下の娘はヘブライ語で話していた。いちばん上の娘は左手に持っているペーパーバックに親指を差し入れて開けたまま、丸椅子から下りると床に散らばった包装紙と段ボールを拾い上げ（ダフナはすでに新しい本のうちの一冊を読み始めていた）、すでにいっぱいになっているごみ籠に押し込み、倒れたサムのワイングラスを起こし、それにワインを注いでサムに渡し、ページから一瞬目を上げた。わたしはこの娘がシャワーを浴びながら、ビニールカーテンの外側に腕を伸ばして本を濡らさないようにして読んでいる姿を思い描くことができた。

食事どきのこの混乱の真っただ中に、わたしの考えは堂々巡りをしていた。この一家が出ていったらどうやってここを売ればいいのだろう。この人たちのような、家のことなど気にもしない人たちを探し出せるものだろうか。暖房器具は新品かもしれないが、オーヴンはこの家と同じくひどく古い。電気に欠陥があるので六十ワット以上の電球を取り付けられない。ほかの部屋もキッチンと同様に、周り縁は壁から剝がれ、漆喰にはひびが入っている。いちばんひどいひび割れは寝室の天井にあるものだ。アウナーとダフナはそれを顧みないことにしたのかもしれない。サムは酔っ払っているので気づきもしないだろう。いつかこの家はわたしの手に負えなくなるのだ。

しかし、この一家はすでにこちらの手に負えなくなっている……。明暗法で描かれた絵のようなキッチンを占拠している人たち、たくさんの言語を知っている人たち、テーブルマナーとしての普通の会話などどうでもいいと思っている人たち。無遠慮な人たち。幸せに蒸されている人たち。

ダフナは本を置いた。「アン、食べてって」彼女は命じた。それから「いっしょに食事をしてほしいわ」と言った。

いっしょに？　食事をする？　いちばん上の娘を肘で突いて丸椅子からどかし、彼女の本をひったくる？　アヴナーとサムといっしょに座り、ワイングラスをぐるぐる回してみる？　剝がれたリノリウムの床に座ってシチューをスプーンで食べる？　それとも手で食べる？　一度でもここで食事などしたら、ここに居着いて帰れなくなり、ここにいる集団に嫁ぐことになるかもしれない。ダフナの望みどおりに。

「ほかに約束があるの」

「あら」悲しそうな口調だ。

わたしはじりじりと後ずさった。

「玄関から帰ってちょうだい」ダフナが言った。わたしは彼女の後についてキッチンを出て、金曜日だけ使われるダイニング・ルーム――天井から床まで、まるで雷でも落ちたかのようにジグザグに恐ろしい亀裂が入っている――を通り抜け、玄関ホールに入ったが、どのスイッチを入れても明かりがチカチカするだけなので、薄暗闇のなかを玄関の扉までたどり着いた。箒がショットガンのように壁に立てかけてあった。ダフナが扉を開けた。つるつる光る七段階段のいちばん上にふたりで立った。「この季節のほんの短いあいだの暖かさは一月の雪解けっていってね。メキシコ湾流が暖気を送り込んでくるから寒気《かんき》が退いていくわけね。地球規模の温暖化の証拠として雪解けを使わないんだもの、エデンではとっくに起きていたというのに……」逃げ出していくわたしに向かって彼女は次から次へと言葉を投げつけた。しかしキッチンに立っていた彼女は、娘たちや夫、ついには求愛者からも、敬われたり世話を焼かれたりしているあいだ、十語も話していなかった。ほんのひと言、ふた言しか話さなかった。わたしは階段のいちばん下から振り返った。

「いつか来てね！」と彼女は力強く言った。

「なかに入って」わたしはそう言うと通りを急いだ。

Ⅳ

わたしはランドと結婚しなかった。申し出に「イエス」と言えなかった。ダフナのキッチンで、結婚の魔法は解けたのだ。ダフナの申し出にも「イエス」と言えなかった。三十年前に最愛のパトリックと結婚しなかったのは痛恨の極みだ。結婚していたら、いまや馬の未亡人となって、フェンスのところに行くといつも笑っていたその姿を満足げに思い出していただろうに。

結局のところ、不動産業を続けるつもりならダフナの家はわたしが処分しなければならない。その夜からほどなくして、アヴナーがイスラエル政府の要請を受け入れ――間違いなく、権力者のあいだを動き回るのだろう――一週間後には一家でエルサレムに帰ることになった。大学との契約違反を心配しなくてもよかった。心配どころか、大学は自校の教授とイスラエル政府との強い繋がりを吹聴した。所有していた家も問題なかった。ありがたいことに、その家を家具付きで数年のあいだ借りてくれるパキスタン人の医師ふたりが現れた。ふたりの医師は病院で長時間働いていて、わたしたちは一度もその姿を見たことがない。そして三人の娘の学校教育の中断も何の問題もなかった。町に滞在中に一家は、中の娘が科学研究コンテストで最優秀賞を取るのを見ることができた。

ダフナの別れの挨拶は、わたしたちの郵便受けに残した短いメモだった。「入閣するので。さようなら《シャローム》」。もしかしたら彼女は、わたしたちが彼女の饒舌にもう耐えられなくなっていることに気づいていたのかもしれない。ともかく、彼女はエルサレムに戻っていった。そこではだれも彼もが一斉にいろいろ喋って、四六時中自慢話をしているのだという。

しかしシルヴィアは、郵便受けの受け口からメモが飛び出したときに家にいた。朝だったので髪はまだひとつにきっちり結わえられていた。シルヴィアは玄関扉を開けた。それで後に、そのとき知ったことをわたしたちに教えてくれた。アヴナーは確かに大臣の椅子を手に入れたけれど、これまで大臣職を引き受けるチャンスは幾度もあった。彼の英知は多くの党から引っ張りだこなのだ。今回彼が引き受けざるを得なかったのは、政治的危機によるものではなく、家庭の事情によるものだった。

いやいや、帰宅したアヴナーが、ひびの入った寝室の天井の下でサムとダフナが抱き合っている現場を見たわけではない。「わたしたちゴドルフィンの住人は罪の意識を分かち合うことはあっても、おもてなしの精神を悪用することはないもの」とシルヴィアは指摘した。

「なんだつまらない」と、がっかりしてルシアンが言った。

サムが恋をしていた相手は、そう、上の娘だった。そして娘のほうも同じ思いだった。

「ふたりは幼すぎる」とダフナはシルヴィアに語った。しかしシルヴィアは、辛酸をなめてきた故の素晴らしい直感で、小さな真実の裏に大きな真実が隠されていることを見抜いた。アヴナーとダフナは、自由な精神の持ち主だと人には思われたいと考えていたが、それとは裏腹に、アイルランド人の警官が自分たちの血統に入ってくることを心の底から歓迎することができなかったのだ。

「私たちが帰国したら、きみたちふたりがどうなるか知りたいものだね」アヴナーは恋人たちに助言した。

「毎日手紙を書きなさい」ダフナが付け加えた。「お互いに忘れないって誓うのよ！」なんという聡明さ。ダフナがその言葉を言い終えないうちに恋人たちは互いのことを忘れ始めていた。

サム・フラナガンはそれ以来、行き止まりになっているこの通りを一度も訪れていない。街角では、季節になると、邪魔されることなく生け垣の剪定や雪かきがおこなわれている。そして数カ月に一度、コニーとその夫がルシアンとシルヴィアとわたしを食事に招待してくれ、わたしたちはテラスの見えるクールグリーン色のダイニング・ルームでお料理をいただく。あの家を売らずにすみそうだ。

「ダフナが懐かしい？」シルヴィアがそうした食事会のときに言った。ワインでかなり酔っ払っていた。白髪の巻き毛が肩に落ちかかっている。

「そうだとも言えるし、違うとも言える」ルシアンが言った。「あの人はあまりにも人に飢えてたわ」

コニーがゆっくりとした口調で言った。「彼女はね……わたしたちの大切な人になりたかったのよ。それは……似あわないことだった」

「それに、こうなる運命だった」わたしは言った。

「まったくね」シルヴィアが言った。「わたしたちだってお互いにとって、取るに足らない存在なのに」

斧が忘れても
木は忘れない

What the Ax
Forgets the Tree Remembers

I

その朝の早いうちに、面倒なことが起きる兆しは現れていた。ロビーにあるガブリエルのデスクの電話が鳴った。デスクの前にガラス板があるのには仕事上の戦略的な意味があった。彼女はみんなを見ることができ、みんなは彼女を見ることができたからだ。

「セリーニよ」歯を閉ざして話しているような声だった。「インフルエンザにかかった」

「まあ、それは大変……。病院に連絡は?」

「医者が家から出ないようにって」。確かに、あれも家といえば家だ。ゴドルフィンから北へ六十キロほど行った町の路地にある茶色のこけら板の小屋。三人の子どもと、ときたま現れる男といっしょに住んでいる。「友人のミナータが代わりに証言してくれる。彼女もソマリア出身で、いまは隣の通りで暮らしてる。謝礼のことは話したし、モーテルにひと晩泊まるつもりだって。そっちに行って話すのを引き受けてくれた」

「それで、彼女には……話すべきことがあるのかしら？」ガブリエルは穏やかな声で訊いた。「あなたと同じような体験を？」

「いいえ、もっとむごい。使われたのは棘《とげ》だった。治療は椰子油だけだった。いつものバスに乗って行くから……」

棘と椰子油とふたりの女族長。族長は両手で若い娘の肩を、まるで扱いにくいパン生地であるかのように力任せに抑えつける。別のだれかがその娘の両脚を広げる。身の毛がよだつ話だ。ガブリエルはそういった話をたくさん知っていた。しかしミナータはセリーニのように人の心に訴えられるだろうか。「わたしはこうして、アメリカ合衆国のマサチューセッツ州ゴドルフィンにいられて幸せです」セリーニはいつも控えめな声で最後にそう言った。「今夜、ここにいられて嬉しいです」と。

初めて会うミナータも、「反女性器切除協会」のゴドルフィン支部で証言し、今夜ここにいられて幸せだと思うだろうか。彼女もハムにクローブを押し入れるように外陰部に棘を突き刺されたことを思い出し、演壇の椅子のところまで恐る恐る歩いていくだろうか。

ガブリエルがセリーニの話を聞いたのは三年前、はみだしている腕の筋肉が巨大なチーズのように見えるオランダ人医師を会に招いたときだった。ガブリエルはその女性医師をひそかにチーズにちなんでゴーダ先生と呼んだ。ゴーダ先生は、ガブリエルが特別コンシェルジュ――これは経営者のデヴリンさんの命名――を務めるデヴリン・ホテルに滞在していた。ガブリエルはいつでも利用客に「かしこまりました」と言った。ゴーダ先生にもそう言った。そしてこのしっかりした体軀の女性が近くの教会のなにもない地下へ行くのに同行した。しばらくすると十二人の人々がばらばらに集まってきた。そこでスライド写真を見せられた。旧式の映写機《プロジェクター》とスクリーンで、スライドがトレー上でつっかえてがたがたした。声が映写機の後ろの暗闇から聞こえてきた。訛りのあるゴーダ医師の説明する声だ。そのスライド・ショーは、ヘンリー・エリソン先生は後に「愚行の極み」と呼んだが、あばら屋にいる十二歳の少女たちの恐ろしい姿を写していた。少女たちの後ろには手作りの人形が置かれた棚があった。

写真のなかでは残忍な行為がおこなわれていた。不謹慎なことに、その写真を見たガブリエルは官能的だと思った。ガブリエルの髪には濃いワイン色が似合うことをスタイリストとふたりでつきとめられたことは本当によかった。なめらかでまっすぐな髪質が、パリジェンヌのような顔つきによく合い、しかもピッツバーグにいる両親が、彼女が生まれた日の朝刊から選んでつけたパリ風の名前ともよく合っていた。五十二歳でもまだ魅力があることは自分にもわかっていた。もっとも、鼻の長さが一ミリほど長すぎたし、前歯と臼歯のあいだには抜歯でできた隙間があった。なぜ治療しなかったのか悔やまれ、いまとなっては嘆いても仕方がないが、前歯も臼歯も引き合うように傾いていた。とはいえその隙間も美貌を損なうほどではなかった。ほっそりとしてしなやかな体は思春期の少年のようだった。身長はハイヒールを履かなければ百五十二センチだが、ハイヒールを脱ぐのは風呂に入るときだけだった。寝室用のサテンのスリッパを履けば八センチほど高くなった。

教会の地下室に演壇はなく、間に合わせの壇があった。スライド・ショーが終わると、白髪の紳士が壇上に折りたたみ式の小型テーブルの脚を広げて置き、テーブルの上にラミネートフィルムを貼られた新聞記事を扇状に広げた。ゴーダ先生が、もはや非道な行為を写していないスクリーンの前にいた。紺色のスカートと白いブラウス姿で。上着を脱いでいたので、たっぷりした胸をしていることがわかった。腰回りが立派なことはだれが見ても明らかだった。昔の中国では、子どもを買い取る者たちが幼児の胴体を締め付けて下半身を異様に成長させたという。ガブリエルは本で読んだことがあった。拘束着のようなものを使うのだ。チェスのポーンのような姿になった子どもたちは宮廷で愛玩された。

しかしオランダ人の医師の体つきは自然のなせる技であり、人為的なものではなかった。「セリーニを紹介します」医師は言うと、マホガニー色の女性にその席を譲った。

「お母さんは優しくしてくれました」と、その夜セリーニは話し始めた。いつもその言葉から始めた。今夜もインフルエンザにかからずにいたらその言葉で始めたはずだ。「お母さんは優しくしてくれました。そうです、お母さんに小屋へ連れていかれました。お母さんは、おばあさんに連れていかれ、おばあさんはひいおばあさんに連れていかれて、ずっとそうやってきたんです」

証言するとき、セリーニは民族衣装に身を包んだ。派手な色合いの足首まであるドレスで、頭にはターバンを巻いていた。顔は長く平たい。分厚いレンズの眼鏡をかけ、歯並びは悪く、手の関節が赤くむけていた。なにもかもが早い時期に暴行を加えられたことを物語っている気がした。

「お母さんはわたしを愛していました。

それをするのはわたしのためであり、わたしの将来の夫のためでした。そう信じられていました。わたしもそう信じていました。わたしは押さえつけられました。ええ、体は必死で抗いました。それが自然の反応です。でも、だれも抗うわたしを叱ったりしませんでした。みんなでわたしが動かないように押さえていました。わたしの……あそこに、冷たくてしっとりしたものが当てられました。切除はすぐに終わりました。とても痛かった。小さな曲がったナイフで肉の一部を切り取るんです。庭仕事や調理中などに皮膚をちょっと切ったりしますが、あそこの場合はそれとは全然違って……、傷口には軟膏を塗られます。恥ずかしいことはありません。小屋にいる女性は全員その切除を経験してきたんです。

お母さんは優しくしてくれました。一生優しかった。わたしによい夫を見つけてくれました。その人はわたしが切除されてなかったら結婚しようとはしなかったでしょう」。人によっては、ピアノのレッスンをすれば結婚するチャンスが広がると言うかもしれない。

「子どもを連れて逃げたとき、夫を置き去りにして申し訳なく思いました」

「愛情を感じたことは？」ゴーダ先生が暗がりから尋ねた。

眼鏡の向こうにある瞼が閉ざされ、開かれた。「夫が悪かったわけではないんです」

「出産は？」

「死んだほうがましでした」

聴衆は身じろぎもしなかった。

「でも、子どもを愛してます」と彼女は続けた。「わたしにはいま新しい夫がいて」と。ガブリエルは後に、それが正確な説明ではないことがわかる。その相手の男性は夫と言えるほど良い人物か、それとも悪い人物なのか。「彼とすると、同じくらいの激痛を覚えます。彼はわかってくれてます」。だれも彼女に、夫はそれをしないでいてくれないのか、と尋ねなかった。「わたしはお母さんのことを考え、悲鳴をあげないようにします。でも、切除はやめるべきです。あなたがたがやめさせてくれるといいのですが。わたしはこの国にいて幸せです。今夜ここにいられて嬉しいです」


最初、オランダ人医師はテーブルのそばに立ち、沈黙が次第に呟きへと変わっていくのを待っていた。やがて医師は、後悔しても何にもなりません、と言った。大事なのは今日の被害者を、明日の被害者を救うことです。それを終わらせることです……そして彼女は世界保健機構《WHO》の仕事について、ヨーロッパの団体について、自分が代表を務める反女性器切除協会のことについて説明し、マサチューセッツ州ゴドルフィンに支部ができることを期待している、と言った。著名な婦人科医ヘンリー・エリソンが諮問委員会の委員になってくれるだろう、と。「そして、さらなる協力を求めています」とオランダ人医師は抑揚のない口調で締めくくった。

出席者の多くが賛同者として署名し、何人かは小切手帳を取り出した。老齢のふたりの女性は瓜二つだった。古くからの友人というのはえてしてそうなるものだが。顔色が悪く、痩せ細った女子大生が一度、二度と両手をしっかり組み合わせた。自分も切除されるのではないかと恐怖を感じたのかもしれない。凶暴そうな色黒の男がいた。おそらくポルノ好きなのだろう。折りたたみ式の小型テーブルを広げた男が、いままたそれをたたんでいた。顔立ちの整った赤ら顔で、髪は真っ白だった。この人が著名な婦人科医のヘンリー・エリソン先生に違いない。

ようやくガブリエルはオランダ人医師に近づいていった。「わたしも署名したいのですが、いいでしょうか」と彼女は言った。

「もちろん《オフコース》よ！」

Ⅱ

　それについては「当然のこと《オフコース》」ではなかった。この半世紀のあいだ、ガブリエルは「大義」というものを排除してきた。それに汚されるとでもいうかのように。効率のよさと規則正しさこそ、仕事上で気をつけなければならないものだった。そして生き生きとした美貌も。ボストンとゴドルフィンの境に建っている、ブラウンストーンを張ったデヴリン・ホテルのことも気にかけていた。デヴリンさんはそのホテルをヨーロッパ・スタイルのホテルに模様替えし、ガブリエルはその特任コンシェルジュになった。粋な着こなしと、六ヵ国語で二言、三言、言葉を交わす能力があった。きみはこの仕事にうってつけだね、とデヴリンさんは感嘆のため息交じりに、しかも何度も言った。

　まさにこの仕事は彼女のためにあるようなものだった。そのおかげで、本を読んだり、鉢植えの世話をしたり、ディナー・パーティを開いたり、午後のコンサートに参加したりする時間を持てた。ひとり暮らしだった。自動車に悩まされることもなかった。悪天候のとき以外は、ホテルへの行き来に自転車を使った。ハイヒールを履いて軽々とペダルを漕ぐと、前にある二筋の巻き毛がヘルメットの横でたなびいた。家族という足かせもなかった。もっとも、ピッツバーグには足の不自由な伯母がいた。この老女は松葉杖一本で軽やかに歩き、松葉杖の握り部分に巻いた粘着テープは、年に一度、姪が訪ねてくるときに交換された。

教会の地下室へ行く夜まで、ガブリエルが責任を負っているのは元気な伯母さんだけだった。しかし、いまや彼女は、クリップボードの上に自分の名前を書き、見も知らない女性たち、彼女の存在すら知らない女性たち、地球の裏側にいる女性たちのために仕事をすることになった。

内側で動いたものがあった。心理学者ならこの感情に名前を付けるに違いないと彼女は思った。間もなく、さまざまな感情について心理学者や獣医師と話し合うことになるだろう。だったら獣医師に相談するほうがいい、とサドル・バッグに書類を詰め込んで帰宅する際に思った。あの哀れな少女たちに感じた親しさは、哺乳動物が同じ哺乳動物に、飼い猫が野良猫に感じるようなものかもしれない。密林の生き物はほかの動物にひどい目に遭わされてきた。炎のように鋭い針やナイフで攻撃されたのだ。ところが彼女、つまりこの家猫は、思い出すだに厭わしい短い結婚生活を二度送っただけだった。ようやくセックスから解放されて、月に一度の厄介なものとも縁が切れた。早めに生理が終わったのは、ある婦人科医のおかげだった。その医師とは名高いヘンリー・エリソン先生ではなく、腹部を圧迫し始めている子宮筋腫を取り除いたほうがいいと言った、息の臭いユダヤ女性だった。子宮摘出は簡単だった。それで、いまでは腹部は本のようにぺちゃんこで、脚のあいだはリネンのようにさらさらしている。ガブリエルはアフリカ女性たちの血を流している傷口を気の毒に思った。いずれにしても、好奇心を抱いたのだ。

Ⅲ

新しい支部に入ったガブリエルの主な務めは、半年ごとの会合を準備すること、つまりゴーダ博士の来訪と被害者セリーニの来訪を手配することだった。最初にガブリエルは、冷え冷えとした地下室の使用を許可してくれた教会に感謝の意を伝えた。それから、地下室の代わりにホテルの会議室を使わせてもらうことにした。会議室は大通りに面した高窓が三つあるココア色の小部屋だった。デヴリンさんをうまく説得してワインとコーヒーとチーズを出してもらうことにし、一泊する博士と証言者のためにいちばん安い値段の領収証を支部宛てに切ってもらった。ほかの仕事もこなした。彼女と老齢の女性ふたり——実は姉妹で、嫌い合っていた――は基金集めのパンフレットを作った。自発的に地元の大学と連携を取ろうとしていた痩せっぽちの少女が、恐縮せずに会を辞められるよう手を貸した。「被害者の苦しみからあまりにも大きな影響を受けてしまって」とその少女は、薄い胸に手を当てて言った。

「わかるわ」とガブリエルは言った。思いやり深い笑みを浮かべ、親しみを覚える欠けた歯を見せながら。

そして白髪の男の退屈な話に耳を傾けた。堂々としているので勘違いしたが、その男はヘンリー・エリソン博士ではなく、暇を持て余している引退したセールスマンだった。映写機を扱うのは巧みだったが、スライドを上下逆さまに写すこともよくあった。それからゴーダ先生の代わりにメールへの返事を書くことも彼女の仕事だった。先生はコンピュータ嫌いだったので、ガブリエルがヘンリー・エリソン博士宛ての手紙を書いた。

ヘンリー・エリソンは冷酷な人殺しのような風貌をしていたが、近くでよく見ると、不健康そうなだけだった。皮膚には無数のあばたがあり、歯は小さな四角い形のチェダーチーズに似ていた。子どもたちは成人し、妻は慢性病を患っていた。しかし彼は、セックスの相手を求めていたわけではなかった。静かな夜と美味しいワインと自分の話す声を大切にする彼をガブリエルが受け入れたように、彼もガブリエルが恋愛に無関心であることに心から共感しているようだった。彼は質問に答えるのが好きだった。「オランダ人の先生は同性愛者なのかしら？」ある夜、ガブリエルの居間で新しいスライドを整理しているときに彼女はヘンリーに尋ねた。

「まさか。彼女には屈強な夫がいて、子どもも五人いるんだよ」。彼女は訓練を積んだ外科医で、ハーグの病院でめざましい実績を挙げることだってできた。しかし、いまは瘻《ろう》孔《こう》修復病院を運営している。アフリカの田舎を車で回りながら、未開の状況下で処置をおこない、自身の器官には避妊手術をおこなっているという。

ヘンリーは一枚のスライドを光のほうに向けた。「なんてことだ。ひどく生々しい。人々は戦《おのの》く少女を求めている。どこまでも不愉快な話を求めている。これは……」彼はなおも凝視し続けた。

「それに何が映ってるの」ガブリエルはハイヒールを履いたまま体をじれったそうに動かした。

ヘンリーはその小さな四角いスライドを渡さなかった。「陰唇の割れ目の素晴らしい写真だ。木製だろうけど、検鏡《スペキュラム》を使っている。美術館で飾られるべき作品だね」ようやく彼はそう言ってガブリエルにスライドを渡した。

女性の脚のあいだにはなんと謎めいたものがあるのだろう。古い検鏡とまわりの太腿と恥骨の皮膚は同じざらついた茶色だが、開口部の内側の色はガーネットとルビーだった。

「そうね……。生々しい」

ヘンリーは小型テーブルの上にある回転トレイを調整した。別のスライドを光にかざした。

「それは？」

「子宮頸部削除だね。おそらくDとCのタイプ。鎮痛剤を使ってたならいいんだが。刺《いら》草《くさ》の葉よりも強力なやつを」

「どうして彼女はみんなに見せられないようなスライドを送ってくるのかしら」

「私たちが忘れないようにだよ。どんなに私たちが努力しても、どんなに金を使っても、切除は続いていく、ということを」彼は明かりを消した。ふたりのまわりが真っ暗になった。ヘンリーがカチリと音を立てると、ガブリエルのソファが置かれている壁側――そこにあったデュフィの複製画は取り外されていた――に画像が映った。ふたりは見えない手が器具を扱っている様子を見つめた。

「外科手術はわくわくするね」と少し考えてからヘンリーが言った。「煙草を吸ってもかまわないかな。村の呪術師はそれを見て楽しんでいるのかもしれない。目の前にある仕事のこと以外は考えられなくなる。素早い手つきで。鳥が嘴《くちばし》で虫をついばむように。肉体は思った通りの反応をする。後の取り散らかったものはほかの者が片付けてくれるわけだしね」

ガブリエルは釣り鐘型のガラス容器に血液を集めている自分の姿を思い浮かべた。

カチリ。「陰核包皮を剝《は》いだ様子がわかるね。彼らは外性器も切除することがある。それからヴァギナの開口部を縫い閉じる。それが有名な……」

「陰部封鎖ね」ガブリエルは言葉を引き取った。彼女はどんどん知識を増やしていた。それに、珍しい煙草を楽しんでもいた。

カチリ。「これはここでは違法な処置だ」器具がヴァギナのなかの何かを攻撃していた。妊婦のお腹がちらりと見えた。「胎児の頭蓋骨を破壊しているところだ」とヘンリーは言った。

Ⅳ

もともと完璧を期する質《たち》だったので、ガブリエルは公的に支部に割り当てられた仕事以外のことまで引き受けるようになった。非番の水曜日か木曜日にはたびたびセリーニの住む町を訪れた。その町はかつて工場があって発展していたが、いまは、ヘンリーが言うには、福祉制度に支援されていた。

工場労働者用住宅として使われていた家がピッツバーグにもあった。二階建ての煉瓦造りの小さな家が川の近くに並んでいた。しかしそこではそういった家は大幅に改修され、いまでは若い金持ちが暮らしている。でもここでは、悲惨な人々が生活していた。移民とその子どもたち、その親族たちがどんどんこの土地に寄り集まってきて、粗末な家に入り、窮屈なポーチで過ごしていた。鉄道の駅からは一キロ半ほど離れていた。ガブリエルは列車から降り、広くて陰気な通りを歩いた。両手にはいつも膨らんだ紙袋を提げていたが、ハイヒールがぐらつくことはなかった。右に曲がり、左に曲がり、ようやくセリーニのあばら屋にたどり着いた。子どもたちに玩具や衣類を届け、セリーニには美味しいものを渡した。食料品を届けることは失礼なことかもしれない、とガブリエルは思った。こうした人々のためにフードスタンプ（低所得者向けの食料購入補助制度）があるのだから。彼女は子どもたちと遊び、セリーニと話し、歌を教わり、セリーニが布に刺繍したり壁に打ち付けたりしていることわざに感心した。「牛は繋がれたところの草を食《は》む。男は這い上がるために転がり落ちる」。遠回しに表現しているものや、なぞなぞのようなものもあった。「鳥は飛んでも矢になるわけではない」。「女は男を探し求めてなどいない、ということ」とセリーニが説明した。

九時になると、終電に間に合うようにセリーニの連れ合いにピックアップ・トラックで駅まで送ってもらった。その男性は、スペード形の顔をしていた。まるで顎が力ずくで引き延ばされたかのようだった。ある水曜日、彼は終電の時間になっても帰ってこなかった。後でわかったことだが、彼はその日を境に二度と戻らなかった。

「泊まっていって」とセリーニが肩をすくめて言った。

子どもたちは眠りに就いていた。その春は、穏やかで雨がよく降った。ガブリエルのレインコートとスカーフがセリーニの寝室のフックにかかっていた。ガブリエルは小さなワンピースを脱いでもうひとつのフックにかけ、その白鑞色の服にぴったり合う紐付きのハイヒールを脱ぐと、シルクの下着姿でセリーニのベッドに入った。ふたりには軽めの毛布だけがあればよかった。背中合わせで眠りに就いた。ところが、夜中に気温が低くなった。目を覚ますと、ふたりは抱き合う形になっていた……というより、目覚めたガブリエルは、自分がセリーニの腕に抱かれ、顔が温かな胸のあいだにあり、あそこがセリーニの指で愛撫されているのに気づいたのだ。

V

「ミナータはわたしのいつも乗るバスに乗っていく」とセリーニが言った。

ガブリエルはそのバスを出迎えた。しかし新しい証人を見分ける術がなかった。同じような肌の色をした人々が乗り降りしていた。セリーニはミナータに、小さな女性《プチット・ファム》を探しなさい、と話していたのだろう。ガブリエルを目指して歩いてきたのは、稀に見る美女だった。小さな鱗を重ねたようなシャルトリューズ色（薄緑色の薬草酒）のレインコートを身につけていた。長い茶色の髪が、広い額から後ろへと流れていた。大きな目の下に小さな鼻。「ガブリエルさん？」

「ミナータさん？」

ふたりは握手をした。セリーニはミナータに、髪を染めておかしな靴を履いている背の低い白人女性、と説明したのかもしれない。一方ガブリエルには、蜥蜴《とかげ》のフェイクファーのコートを着ている最高の黒人よ、と説明したかもしれない。ミナータは金色のサンダルを履いていた。マニキュアも金色だった。真鍮の付属品のついた革製の帽子ケースを持っていた。「ここから地下鉄に乗るのよね？」

「今夜はタクシーで行くわ」とガブリエルは言った。女神は地下鉄のつり革を握らないものよ。セリーニはミナータに、オランダ人医師とアメリカ人医師とピンク色の服を着たアメリカ人女性といっしょにホテルで食事を取ることになると説明していた。タクシーに乗るとミナータは、街の明かりの方に顔を向けた。「ボストンに来たことがあるの？」とガブリエルは訊いた。

「ええ、もちろん。月じゃないんだから来られるわ。あれが『自由の揺りかご』（ボストンのファニエル・ホールのこと）ね。子どもたちが学校で習っている」

「お子さんは？」死んだほうがまし、と思ったことは？

「五人」

ガブリエルは食事のあいだずっと無言だった。セリーニのことを考えていた。その美しさ、その歯並び、殉教者のような雰囲気を。水曜日に過ごしたことを思い出していたのだ。セリーニの乱れのない手にじっくり調べられ、指が次第に翼のように開いていく感覚。ガブリエルの指はといえば、いつもためらいがちに落ち着きなく震え、痛みを与えているのではないかと不安だった。ときどきセリーニに導かれて指をもっと奥へと入れていき……。ミナータも口数が極端に少なかった。おそらく、証言するためにエネルギーを温存しているのだろう。ニューヨークから到着したばかりのゴーダ先生は、アメリカ本土での基金調達のための旅行中で、ヘンリーに低い声で話しかけていた。医師同士の話は、まったく意味がわからなかった。

コーヒーのあと、少数の集団は会議室へ移動した。そこにいたのは、さらに少ない人数の人だった。「女子割礼にはうんざりなんだよ」ヘンリーが耳打ちした。ガブリエルは首を横に振ってイヤリングを揺らした。ほっとしたことに、支部の数人のメンバーが部屋に入ってきた。もしかしたら彼らは、瘻孔病院の進捗具合と新しい診療所の開設について聞きたかったのかもしれない。愚かしい行為を見たかったのかもしれない。ひょっとしたら、証人の言葉を聞きたかったのかもしれない。ことによると、ほかにすることがなかったのかもしれない。

その夜はいつものように進んでいった。

ゴーダ先生が導入となる話をした。

白髪の男性がスライドを見せた。新しいものもあれば、古いものもあり、ヘンリーとガブリエルが残虐すぎると判断したものはひとつも入っていなかった。

ミナータの話はセリーニと似ていたが、その話し方は舌足らずではなく、むしろ弾むような感じだった。彼女が話したのは、切除のこと、切除の必要性を女性たちが信じていたこと、子どもたちが途方に暮れながらも従ったことだった。さらに詳しい内容まで話した。「わたしの従姉の場合、女性たちが切除された彼女の性器を岩の上に置き去りにしたんです。動物が食べました」ガブリエルは話を聞きながら、自転車のペダルを踏むときさながらに、ハイヒールのかかとを折りたたみ椅子の下の横棒にひっかけるようにしていた。その格好をすると、黒いクレープ地に覆われた膝が軽く上がる格好になった。白いサテン地の肘をその膝の上に立てて、フランス人っぽい小さな顎の下に両手の指を添えていた。

「すぐに激痛がやってきます」とミナータは歌うように言った。「回復するときも痛みを伴います」彼女はお辞儀をした。

「後遺症は？　どんなふうでしょうか」ゴーダ先生の訛りのある声が飛んだ。

ミナータは顔を上げた。「なんでしょう？」

「もっと痛みを感じたんじゃないかしら……あなたの夫に触れられたときには」先生は優しい口調で言った。

ミナータはさらに頭を上げた。「夫がいたことはありません」

「男の人に触れられたときには……」先生の声はまだ優しかった。

「わたしは普通、そういった話はしません」

「そうでしょうね」

「――見知らぬ人たちには。でも、あなた方は友だちみたいなものかもしれない。わたしにとって、男の人に触れられるのは幸せなことです。もしかしたら切除されたことでいっそうそう思うのかも。遊園地に行くのも好きですよ」

「私もだ！」映写機のところから元気のいい声が飛んだ。

「でも、出産は」子どものいないガブリエルが呻くような声を出した。

「そうですね、息子のひとりは逆子でした。大変だった。ほかの四人は……息んだり、力んだりして、そう、わかりますよね。痛みですか？　ありませんよ」聴衆はしんとした。

「それはつまり……人それぞれですね」ミナータは言った。「好むか好まないかはその人次第です。『知恵はひとつの家の中だけでは生き長らえない』のです」

　ガブリエルの伯母も子どもはいなかった。ガブリエルと両親といっしょに、蔑まれたオールドミスとして、冷酷な家族の一員として暮らしていた。ガブリエルの部屋にはわずかな本と、わずかなレコードがあり、カーテンには蝶の刺繍が施されていた。蝶の羽がカーテンの襞の部分に入り込んでいた。彼女はこの押しつぶされた少女期のことや、軽率なふたりの夫や、控えめなヘンリーのことを考えた。あのスライド、宝石のように輝くヴァギナのことを思った。

　わたしが選んだのはなんだったのか。離婚、満足のゆくひとりの生活、光沢を放つ辛辣さ——この言葉はなにかの小説に出てきたのだ。すべてを手に入れたのではなかったか。でも、弱っているのを感じた（後にヘンリーは、血圧が下がっていたんだよ、と彼女に言うことになる）。めまいがする（後にヘンリーは、なす術もなく失神しかかっていたんだよ、と言うことになる）。ハイヒールのかかとが折りたたみ椅子の下の棒にしっかり絡まっていた。彼女は横に倒れたが、ハイヒールはそれでも必死で棒にしがみついていた。椅子も倒れたが、まるで彼女と同じように倒れるのはごめんだとでもいうような、ゆっくりした動きだった。

「普通なら転倒して足首の骨を折る場合、全体重がいきなりそこにかかったことが原因になる。ところがきみの場合、足首を捻《ひね》ったせいで骨折した。左の腓骨を強く捻って蝶番の役割をしていたものから外れてしまったんだ。折れたのは細々《こまごま》した部分で、これはとても重要なものでね、足首の関節とか脛骨《けいこつ》を支える球状関節などで――」

「左の瘻孔《フィスチュラ》ですって？」ガブリエルは病院のベッドから医師のほうに顔を向けた。

「腓骨《フィビュラ》だ。骨の名前だよ。気の毒に」

「とても痛かった」

「当然だよ。脚の神経は……」

「違う種類の痛みだった」彼女は小声で言った。

「……その素敵な点滴がなかったら、いまも痛かっただろう。当分のあいだは松葉杖を使わないと歩けないからね」

「ミナータは」彼女は医師から目を逸らして周りを見た。

「ミナータはあの後、医師と映写技師と何杯か飲んでたよ」

「ミナータは支部を裏切ったんだわ」

「ガブリエル、私たち外科医は、仕事の成果を自信満々に予想することはできない。ソマリアの助産婦さんたちも同じだ」

ガブリエルが身を乗り出したので、びっくりしたように点滴の管が揺れた。外科医は枕をずらして彼女の背中に当てた。彼女は嫌悪感を丸出しにした。「あなたは、切除のせいでセックスの魅力が深まるだなんて、言っちゃやだめよ」

「ミナータが私にそう言ったんだ」

「彼女は『人それぞれ』と言ったのよ」ガブリエルはその言葉を苦々しく思い出した。

「『幸運』という意味で言ったんだ」ヘンリーはなだめるように言った。「稀れなことかもしれない」


ガブリエルはなかなか回復しなかった。小骨の一本がきちんと治らなかった。「もう一度手術しなくちゃならない」と外科医は言った。病院に戻り、リハビリテーション施設に行き、ようやく自分のアパートメントに戻った。彼女の行きつけの美容師は訪問サービスを受け付けていなかった。彼女の髪型は戦時中のときのようなだらしなさに戻った。どこで髪を分けても、白い筋が見えた。

それでも。「家のなかを動きまわるための道具があるの」と彼女は友人に言った。それは四輪のついた子ども用のスクーターに似ていた。踏み板から棒が伸び、その棒のてっぺんの、ちょうど膝くらいの位置に丸みを帯びた柔らかな台があった。怪我をした方の膝を曲げ、その台の上にギプスで覆われた脛《すね》を乗せ、スクーターのハンドルを握りしめて健康な方の脚で蹴って進んだ。この曲芸師並みのやり方で、部屋から部屋へ、椅子から椅子へ、ベッドからバスルームへ移動した。おかげで花に水をやったり、オムレツを作ったりすることができた。

お見舞いカードがたくさん届いた。友人から、同僚から、ミナータから、伯母から。一刻も早く回復しますように、とセリーニは書いていた。カード見本の書き方を真似た自筆のカードだった。男性や、男っぽい女性たちからは花束が届いた。白髪の映写技師、ゴーダ先生、デヴリンさんはもちろんのこと。ヘンリーは本を持ってきた。「もう仕事に復帰できますって担当の先生は仰ってます」と彼女はデヴリンさんに電話で伝えた。「スクーターがあれば。もしかしたらお客さまは面白がるかも……」

「復帰できるならいつでも戻ってきてくれ」デヴリンさんは切迫した声で言った。「ただし、本当にきちんと復帰できるときにだよ」

その翌週、外科医は行動を制限していたギプスを外して、歩行用ギプス包帯を着け、松葉杖を渡した。このギプス包帯は、白いファイバーグラスに幅の広い青いベルトがついていた。その不気味な器具は膝のところまであった。この固くて融通のきかないものに包まれているうちに、骨や腱は治っていくのだろうが、もちろん、これではスクーターには乗れるはずもない。それに医師からは、ハイヒールをすべてごみ箱に捨てたほうがいい、二度とハイヒールは買わないように、と言われた。

デブリンさんは彼女をホテルに連れてくるために、毎朝ホテルの雑用係を病院まで差し向けた。仕事が終わると、雑用係かデヴリンさん自身が、車で彼女の家まで送ることもあった。タクシーに乗ってひとりで帰るときもあった。ヘンリーが現れることもあった。少なくとも、体重が増えることはなかった。ところが肝心の担当の美容師は、アンティグアに別荘を借りて、一カ月の休みを取っていた。

「もう染めなくてもいいじゃないか」とヘンリーは考えなしに言った。

彼女は一、二分待ってから尋ねた。「支部はどうなっているの？」

「ああ、それね。いまも慈善家たちの善行リストのトップになってるよ」と彼は言った。

「そのおかげで寄付金が増えている」

「ミナータは……」

「協会を傷つけたわけじゃない。助けてくれたのかもしれないな。人というのは反対勢力とも仲良くなれる。それに、彼女はあの馬面より可愛かった」

「あの子はわたしたちの信じていることが嘘っぱちだと言ったのよ」ガブリエルはまた怒りを覚えた。

「私たちの信じていることが誤りなのかもしれないよ。よく考えてみるんだ、ガビー。セーレムの女性たちは悪魔に取り憑かれていた（セーレムはマサチューセッツ州の都市。十七世紀に魔女裁判がおこなわれた）。同性愛は病気だった。癌は神からの罰だった。だれもが誤った考えを抱く」

「それでも地球は太陽の周りを回っているの！」

「今日のところはね」と彼は言った。「明日はわからない」

VI

ある夜、ガブリエルは遅くまで仕事をし、ガラス板のある机に向かって明日の仕事を確認していた。いつもの習慣で目を上げた。狭いロビーで起きていることを見るために、そして歓迎しているが押しつけがましくない笑みを宿泊客に向けるために。目を上げると、フロントの脇にある鏡にちらりと映る自分の姿を見ないわけにはいかなかった。髪の毛はスカンクの毛皮みたいに縞模様が入り、脚は醜いギプス包帯のせいで不格好に広がり、松葉杖が雇われた同伴者のように柱のところに立てかけてある。

こちらに背を向けてエレベーターのところに立っている女性がいた。いまはオレンジ色の上着を着ていて、薄緑色《シャルトリューズ》のレインコートを着てはいなかったが、髪を横に流してそれをまとめてバレットで留めている姿で、だれかがわかった。帽子ケースがヒントになった。しかし、ミナータが醸し出していた美しさは後ろ姿からでも察せられた。その美しさというのはそもそも、肌が茶色くて歯が白く、小陰唇切除が地元の娯楽であるところで生まれたのだ。ガブリエルは、白髪をオールバックにした男性がエレベーターのボタンを押しているのも見た。

ここはラブホテルじゃないのに……。ガブリエルが見つめていると、ミナータが振り向いた。嬉しそうな笑みを浮かべた。ガブリエルが職業的な笑みを浮かべると、かつては一本の歯のあった隙間が覗いた。

ミナータはロビーを横切ってガブリエルのところにやってきた。その視線は下がっていき、大きな靴のところで止まった。笑顔が崩れた。「そんなものを着けていなければならないの？　治すために？　そう言われたの？」

「ええ。いまでは足を引きずって歩けるわ。これを外したら、歩けるようになるはずよ」

「すぐにセリーニのところへ行って」

ガブリエルは顔が紅潮するのがわかった。恥ずかしいから？　違う、欲望からだ。セリーニに、切除されたセリーニに会うまで、四十二年間隠し続けてきた欲望。

「鉄道の駅から彼女のところまで足を引きずって行きなさい」ミナータが言った。「さもなければタクシーを使って」。ミナータは実務的な面を覗かせたが、あるいはこれが、逆境をものともせずにいられた彼女自身の資質なのかもしれない。

ガブリエルは大きくて硬い自分の足を見て顔をしかめた。

「不格好だけど、動きづらいだけでしょ」ミナータが言った。「『亀は連れ合いの抱き締め方を知ってる』のよ」

静観

Wait and See

I

ライルはレモンを見つめている。

ライルにとってこのレモンはどんなふうに見えるのだろう。ぷつぷつした表皮は黄色という色だと教わったし、黄色を修飾する「薄い」、「明るい」、「ぼんやりした」などの言葉もたくさん知っている。その色が喩えるのが、「金」や「バター」「タンポポ」「レモン」だということも知っている。しかし、ライルがこの小さな果実のなかに見たものは、ほかの子どもたちには見えないのに彼にだけ見えるものは、何百種もの色の束、太陽の光のリボンが集まっている丸い形だった。

そしてベビー・オイルの色は？　ライルの母親パンジーは、眠る前にベビー・オイルを白い滑らかな顔と首筋に塗り込むが、その指先からうっかり、ぽたりと落ちる一滴は？

ほかの人たちなら、透き通っている、半透明、無色などと言うだろう。しかしライルにとって、その一滴は薔薇色のねっとりした球体だ。彼の肌の色も、食通たちによれば、キャラメル色だったり、バタースカッチ色だったり、カフェオレ色だったりするし、混血に関心のある人によれば淡褐色《ムラート》となるが、実は著しく変化する。腕のところには、パンジーの引き出しにごちゃごちゃに入っている下着類のすべての色合いが飛び交っているのだ。

ゴドルフィン広場にある建物の二階のエクササイズ・センターが放っているネオンサインの色は？　ネオン・プラズマにはすべての不活性ガスの強力な光の放電がある。普通の人の目には、それが赤やオレンジ色に見える。実は強力な緑色の光線も含まれているのだが、それは分光器がなければ見えない。ライルにはその緑の光線が、その放出する微粒子が裸眼で見える。「体を鍛えて」というネオンサインがライルに贈り物を与えているかのようだ。

もっともライルは、それはそれはたくさんの贈り物をもらってきた。その贈り物のなかにパンジーの愛情も入っている。その愛を浴びて育ったライルは、ほかの子どもたちに優しく接する。とりわけ、褒められて居心地悪そうにしている子どもたち、鷹が現れて世界が陰ったときの兎のようにびくびくしている子どもたちには。ライルの体の小ささが子どもたちを落ち着かせるために、ライルは必要とされているのだ。とはいっても、必ずしも友だちとして必要とされているわけではない。ライルは、大好きな物語に出てくる知恵者の蜘蛛アナンシに似ている。物静かな協力者でありトリックスターで、独りを好むが、救いを求められればすぐに駆けつけていく。

もうひとつの贈り物はお金だ。最近ではお金が電子機器のなかにある。パンジーはアラバマの祖父から莫大な金額を相続した。それに、酵素や酸、脂質が入った黄色っぽい少量の液体という贈り物もある、というか、あった。率直に言えば、精液のことだ。

その精液を与えてくれた、一度も会ったこともない男性は、きわどい生き方をしてきた。彼はアフリカから難民少年としてやってきたのだが、スーダンから来た大勢の集団ではなく、人知れずにいたるところからやってきた少人数の集団に入っていた。しかしここに至るまでの状況は似ていた。内戦があり、大量殺戮があり、わずかな数の少年が破壊された村から逃げ延び、なんとかアメリカ合衆国にまでたどり着いた。

そのひとりがマサチューセッツ州に来て、ほかの少年たちと共にある家で暮らし、高校に通い、幸運なことにその地区の研究所に雇われた。しかし彼は貧しかった。それで同じような境遇にいる多くの人々と同じことをおこなった。血を売ったのだ。そして、精液も売れるのではないかと思ったが、とても大切なものなので商品になどできないと考えた。彼はとても誇り高く、自由の身であり、大勢の息子をこのアメリカに生み出したいと思った。それで精液を売るのではなく、バンクに与えたのだ。実際には、気持ちを高ぶらせる雑誌を与えられて病院の小部屋で採取された。

Ⅱ

それから極微小の贈り物、この千年にわたってほとんど言及されずにいた遺伝子の突然変異の賜《たまもの》があった。進化によるその賜は、直接ライルにではなく、遠い祖先にあたる霊長類に与えられた。その賜とは悪戯《いたずら》好きな一個の遺伝子であり、うまくもうひとつの遺伝子にめぐり会えれば、視覚に変化をもたらすことができる。

「純粋な霊長類の視覚は、三色型色覚なんですよ」とマーカス・ポール医師は言った。

「とおっしゃいますと？」パンジーは、挟んだデスクのこちら側から勇気を出して訊いた。

「つまり、ミセス・スポールディング……」

「ミス、です」

「ミス……」

「あるいはミズ。正確におっしゃりたいのであれば」パンジーはにっこりした。

「では、ミズ」面食らった医師は、長い説明をすることで逃げを打った。「ご存じのように、目の奥には網膜があります。光と色をそこでとらえて脳へと送り出します。この網膜は色を伝えるために三つの光吸収色素を使っています。それが三色型色覚です。よろしいですか」

「はい」パンジーはなおもにこやかに応じた。

「つまり、非霊長類は二色型色覚なんです。ふたつの色素しかありません。夜行性の哺乳類のなかには色素がひとつしかないものもわずかながらいます。しかし、ある種の鳥や魚、爬虫類などには四つあります」

「わたしたちより多くの色を見ているってことですか？　悔しいわ」

「見ているかもしれないですね。五色型の蝶もいるんですよ。鳩もそうだ。ホモサピエンスのツリーには枝分かれがあって、小さな枝のほうには、五色型色覚をもつタイプがいると信じられています。ヒンバ族です。ヒンバの人たちはナミビアのなかでは短命です。ライルは混血のようですね」

「ええ。精子バンクで黒人のドナーを希望しました。異人種間の混血こそ、この病んだ世界に対する答えになると信じているんです。すべての人々が同じひとつの色になればいいんです。日焼けした色に」

「ということは」茄子《なす》色の肌をした医師が言った。「ドナーはアフリカ人？」

パンジーはほっそりした肩をすくめた。「なにも訊きませんでした。バンクのほうからも説明はなし」

「ライルは五色型色覚だと思います。彼はたくさんの色を見ている」

パンジーは頷いた。そして急に真面目な表情になった。「そうなんです。あの子が頭痛で苦しんでいるのも無理ないわ。かわいそうな子」そこで彼女は一呼吸置き、この若いジャマイカ出身の医師の露骨な視線をそのまま受け止めることにした。というのも、彼が見つめたくてしかたがないと思っているのがわかったからだ。彼はパンジーの黒い波打つ髪を見つめ、いつもより上向きになっている小ぶりでまっすぐな鼻を見つめた。この鼻は美しさを損なうどころか、たまらない魅力を醸し出していた。パンジーに贈られた素晴らしい容貌、と言ってもいいかもしれない。医師は彼女の大きな口、えくぼ、長い首、長い手も見ることができた。長い脚はデスクが邪魔をして彼からは見えないが、脚が長いことにもとっくに気づいているにちがいない。パンジーはそうあってほしいと思った。ああ、そうそう、彼女が口を開くと完璧な形の門歯の輝くばかりの白さが目に飛び込んでくる。男性たちはよくそのことに触れる……。彼女は話を続けた。「五色型色覚というのはどんな感じのものなんです？」とは言っても、彼女は知っていた。というか、手がかりを知っていた。ライルが、どこにでもある茶色の封筒がさまざまな色の無数の点から出来ていることを話してくれたからだ。そのときライルに点描画法という新しい言葉を教えたのだ。

「先生？」

あなたのような顔立ちでいるというのはどんな感じのものですか、と思いながら医師は答えた。「私たちやライルのような人たちも、そのことを表現する言葉を持っていないんです。色盲の人に色について説明できますか。私たちにわかっているのは、四色型色覚にしろ、五色型色覚にしろ、われわれには認識できない色の区別がつくということだけです。たとえば、カリフォルニアのある女性のことを新聞で読んだのですが、彼女はいまは亡くなっていて――」

「色覚が多いせいで?」

「老齢でです。記事によれば、彼女はお針子だったということで、同じ一巻きから切り取られた土竜《もぐら》色の三枚のサンプル生地を見て、一枚目には下地に金色があること、二枚目にはかすかに緑色が入っていること、三枚目にはほんのわずか灰色が混ざっていることがわかったそうです。川を見れば、だれにも気づかれないようなかすかな水の色合いの違いから、深い場所の位置や、運ばれてきた砂の量の多寡がわかったということで、四色型色覚と五色型色覚はわれわれよりこの世界をはるかに豊かな色合いで見ていると言ってもかまわないと思います」。しかし私自身は、この女性が三色型色覚を持つ私の目の前にいてくれたことで、この十五分がとても豊かなものになった。彼女が私のドレッドヘアを好きになるといいのだけれど。

Ⅲ

ライルは機嫌のよい赤ん坊だったが、昼と夜とが逆転していた時期があった。パンジーはライルに合わせて昼間に寝た。夕暮れになると朝食を与え、散歩に連れ出した。川を渡ってボストンまで行くこともあったが、たいていはゴドルフィンの町を歩き回った。ライルは時代遅れの乳母車のなかで、枕の上で頭を高くして横たわり、パンジーのほうを見たり、もっと上にある木々の濃い緑色やチャコール色の空を見つめたりしていた。そして頭を横にすると、いつも遅くまで開いている書店の窓辺に光沢のある本が置いてあることに気づいた。足専門のケアサロンの扉には、扉の大きさの鏡がはめられていた。ライルはときどき、首を回して鏡に映る母親と子どもを見つめ、パンジーも同じように見つめた。彼女は黒いレザーのパンツと光沢のある白いポンチョを身につけ、赤ん坊のライルの肌はまだ黒くなり始めていなかった。彼女自身の肌が黒くなったことはなかったが、南部にいた彼女の祖先たちが奴隷たちと交わったのは間違いなく、肌の白い子どもは邸宅のなかに入ることを許されたのだ。黒い肌を作る遺伝子は、各細胞のなかにしっかりと組み込まれているかもしれない。幼い頃、ライルは予想どおりの段階を進んでいった。時折来るべビーシッターに反抗し、ほかの人たちのためにトイレをきれいに使うことを覚え、人参が嫌いになった。退屈そうにブロックで遊んだ。頭が痛いと言って時間を無為に過ごした。小児科医は頭痛の原因を見つけられなかった。

ライルはあらゆるものをじっと見つめるのが癖になった。彼自身は見るも奇妙な体つきだった。細い腕、痩せたベージュ色の顔、にこりともしない顔。母親と散歩をするとき、彼は隣り合って手を繋いでいるが、心は母親には追いかけていけないどこかをさまよっていた。それで母親は、母と子は一体だという素敵な考えを捨て去らなければならなかった。

ライルは絵本が嫌いだった。三原色を見ようとしなかった。それでパンジーは不安になった。

息子を診てくれた心理学者は、いいえ、この子には問題となる症状は見つかりませんよ、と言った。「小さな本に興味がないだけです。なんの問題もない。もっと広い世界に関心を持っているんですよ。この子が何を面白く思うかしばらく様子を見ていたいですね」

パンジーは礼を言って立ち上がると、白と黒の縞模様のサンドレスとつばの広い黒い帽子という姿になった。彼女はドアに向かった。

「あなたも、様子を見てください」心理学者は声をかけた。

何年も様子を見ているのだ。ある日、彼女の寝室の壁にぼんやりした線がいくつも現れた。ほかの部屋にも現れ、とうとう大きな斑点になった。その汚れが大陸のように広がった。配管工はその原因となっている水漏れを発見し、修理した。パンジーはペンキ屋を雇い、色見本を持ってきてもらった。この色見本は、ラミネートされた分厚くて細長い三百枚のカードをひとつに束ねたもので、各カードの縁に開いた穴に金属のリングを通してあるために、すぐに広げたり、扇状に並べたりすることができた。各カードには同じ色合いの七つの四角が名称とともに記載されていて、この見本一冊におよそ二千種類の色が入っていた。パンジーはその色見本を、床にうつ伏せになっているライルの傍らに優雅な手つきで落とした。ライルは読んでいた本を押しやった。最近彼は、同級生の真似をして冒険小説を読んでいたが、たびたびトリックスターの昔話に戻った。

ライルはこの新しい玩具を手に取って調べた。自分の前にあるものの正体がわかった。色が載っているものだ。二千種というのは、人間が研究所で、絵具工場で、電子工学のワークショップで作り出した色の数なのだ。何年もずっと違和感に苦しめられてきた。他者にも自分にも隠さなければならないことがあった。ところがいま、この色見本が彼の蒙《もう》を啓《ひら》いてくれた。人々は希望に満ちた名前を色に付けていたのだ。「オレンジの泡」という名がついた四角形の横には「オレンジの花」があり、その横に「フロリダ・オレンジ」がある。泡の粒がたくさん集まっている色は、「オレンジの花」と似ているが同じではない。「オレンジの花」それ自体には光沢があるが、「フロリダ・オレンジ」には光沢は含まれていない。「ママ」とライルが呼んだ。

「なあに」別の部屋から母親が声を返した。

「ぼくは……」彼はそう言って言葉を途切れさせた。アナンシの話のなかに、秘密は心のなかに詰め込まれるもので、決して引っ張り出してはならない、とある。打ち明けてしまえば、どんなことが待っているかわからない。

　母親が入ってきた。「話したいことがあるの？」

「あのね……」

　それで、マーカス・ポール医師のところを訪れたのだ。そして躊躇いがちに診断が下されたが、それは病気ではなくて、目立たないが故に、その可能性に注目されないが故に、大半の科学者に知られていない状態ということだった。そして恋がやってきた。一目惚れ？　そういうことは起こり得《う》る。特に長い話し合いがおこなわれる場合などには。

「ぼくがあなたに夢中なのは、あなたが美しいからだけじゃないんだ」とマーカス医師は、出会って数週間後にパンジーに打ち明けた。「ぼくがあなたを愛しているのは、あなたが驚くべき問題意識、全世界の人々を単一の色にしたいという強い願いを抱いているからだ。あなたが『無料食堂』で床掃除をしているからだ。そして四つ星レストランのシェフのような腕前だからだよ」

それで彼女は医師にキスをし、膝で彼の腰に軽く触れた。それは両者が向かい合うようにして横たわっていなければ到底できそうもない仕草だった。ふたりはたまたま向かい合うようにして横たわっていたので――ライルは学校に行っていた――ほかの状況では絶対にできない愛撫も、いまではできそうなものとなり、したいものとなり、どうしてもしなければならないものとなり、するものになった。接点同士が触れ合ったときに体の奥底から湧き上がる震えを避けられるものではなかった。それからマーカスは愛する女性のなかに入っていった。

事が終わってから、パンジーは会話を引き継いだ。「わたしがあなたを愛しているのは、一途だから。それにその声。ドレッドヘア。わたしがあなたを愛しているのは、あなたとわたしの組み合わせが運命みたいに思えるから」

「アナンシの仕業だ」

「アナンシ？　ライルはその物語を読んでる」

「アナンシは力のある蜘蛛で、アフリカに根拠地があったんだけれど、いまはジャマイカに住んでいる。でも、彼はいろんなところにいるよ」

「もし彼に会ったらお礼を言って。それから、わたしがあなたを愛しているのは、ふたりともがライルにとって大切だから」

「そしてぼくたちにとってもライルは大切だ」とマーカスは言った。性交後のすっきりした状態で気づいたのは、自分がたった一回の眼科の面談で一生を賭けるほどの愛情と仕事を見出したことだった。「ぼくたちはライルの管理人で、保護者で、秘密の守り手だね」

「まるで家政婦が執事と結婚したみたい」とパンジーが言った。

「きみがそう言うのならそうかもね」と言いはしたが、マーカスのほうは厩《うまや》の少年が王女さまと結婚したみたいだ、と思っていた。

三人で短い新婚旅行に出かけた。イタリアを訪れると、ライルが知っているレモンよりもっと黄色味が強くて丸々としたレモンがあった。イベリアにも出かけていき、リスボンのタイルを買った。マドリッドの空港は色彩に溢れていた。たくさんの色がマーカスとパンジーには新鮮で輝かしいものだったが、ライルにとってはその十二倍もの素晴らしい色を目にした。

マーカスの診療所での診察は、ひとりの同僚が問題なく引き受けてくれることになった。とはいえ、これまでマーカスが多く時間を費やしてきたのは研究だった。色彩豊かな新婚旅行から戻ってくると、彼はパンジーの広々とした家の後ろに研究室を建て、従兄のデイヴィッドに来てもらった。隠遁者デイヴィッドは眼科医で、湾曲したり斜角をつけたりした眼鏡や、眼鏡のなかに眼鏡をいれたもの、多面的レンズ、そういったさまざまなものを眼球の前に置いて変わる視覚化に関心を寄せていた。ふたりの従兄弟はこれまで、目を患う人々が見えるようになる眼鏡をたくさん設計してきた。

ふたりのこぢんまりした眼科研究所——後に法人組織になった——は、実に多くの改良された器具を生み出した。日常使いの望遠鏡付き片眼鏡。顕微鏡のレンズ、先端にカメラがついた手術用スネーク。天文学者専用の黒くしたレンズ。そういった機器は引っ張りだこだった。

会社の事業はうまくいき、パンジーが投資したことによる見返りは相当な額になった。ふたりが成功したことを彼女は誇りに思った。マーカスとデイヴィッドが研究所へ毎日入っていくと、パンジーはよくこう考えては楽しんだ。ふたりはあそこで、ほかの製品に加えて、ライルの視覚をだれもが体験できるようなとんでもない発明をしているのだ、と。能力向上、と言えるかもしれない。完成したら、規制されるかもしれない。製品化したら、劣悪な模造品が現れるだろう。それでも、それは公共のためになるものなのだ。

しかし四年経っても完成品が現れることはなかった。それである日、辛抱強いパンジーは進捗《しんちょく》状況を尋ねてみた。

「ぼくたちにそれが作れるとは思えないんだ」とマーカスは言った。「ずっと試している。この研究所を作った最初の目的のひとつがそれだからね。でも、何百万年もかけて自然が成し遂げた仕事をコピーすることなんかできっこない。われわれは内側の変異を生み出すような外付けの道具は発明できない。蝶にも、鳩にも、ゲノムがある。しかし五色型色覚の遺伝子はどこにある？　そんなことはだれにもわからない。それに、わかったとしても、それをうまく抜き取れたとしても、そして人の細胞に移し替えられたとしても、その細胞は生き延びられるのか。そしてもし、そう、生き延びたとして、いったいその目的は？　人々に頭痛を生み出すだけか？」

「カーニバルのアトラクションになるだけかもしれない」パンジーはゆっくりと言葉にした。「金持ちが喜ぶものに。ああ、マーカス。ライルみたいになれる人はひとりもいないのね。ライルには仲間はできないのね」

Ⅳ

この数年のあいだ、同じ仲間のいないライルは何をしていたのだろう。彼の心を占めていたのは、学校、チェロ、野球、そしてマーカスかデイヴィッドかパンジーと出かける夜の散歩だ。音楽はありがたいことに無色だった。センターの守備位置にいると、空は無数の青を見せてくれ、フィールドは無限の緑色を見せてくれたが、そのどの色も、彼がフライを取る妨げにはならなかった。球は頭も翼もない鳥で、白と灰色がかった白と、濃い灰色がかった白でできていた。その鳥の行き先を予想することを邪魔するものはなにもなく、彼は鳥の真下に行き、構えの姿勢でミットに入れるだけでよかった。

学校のオーケストラで演奏していた。ときどきパーティに出かけ、無視されていそうな人と話をした。不器用だがなだめるような口調で話した。あるいは、不器用な故になだめるような口調になっていたのかもしれない。

いつか医者になる、と彼は思っていた。解剖図を見るのが好きだった。初めは鮮明な図がぎらぎらと眩しかった。自分の視覚は訓練次第で、X線の要素を創り出せるかもしれない。だが、マーカスはそう思っていなかった。ふたりは目の器官ではなく、ほかの組織の病気についてよく語り合った。診断や治療、医療過誤について語り合った。

しかし無失策の記録を打ち立てたにもかかわらず、野球仲間との控えめな友情を築いたにもかかわらず、愛する三人のうちのひとりと夜に楽しく散歩していたにもかかわらず、辛い秘密を抱えたライルはしょちゅう、惨めなくらいひとりぼっちだ、と思った。

十六歳になると、日曜日の午前中を前年の担当だった生物の教師と過ごすようになった。ふたりは自然保護区まで車で出かけ、山道をハイキングした。暴風雨になったある日曜日に、一日くらい自然のことは忘れようと、教師は彼を自宅に招いた。彼女は四十歳で、繊細な童貞少年の気持ちを和ませるのに、そして少年の好奇心を満たすのにも、理想的な年齢だった。彼は、彼女の乳輪が小説に書かれているようなセピア色ではなく、脈打つピンク色薔薇色藤紫色だ、と書いている。もし彼女のこの気前の良さが知れ渡ったら、この愛すべき女性は問答無用で解雇されるだろう。ライルにはそのことがわかっていたし、ふたりを守るはずの規則がいかに融通の利かないものかわかっていた。しかしライルは隠し事をするのに慣れていたこともあり、その後もラピダス先生を裏切ることはなかった。ふたりの日曜の朝の探索は続いた。晴れの日は自然保護区で。それ以外の日はベッドで。

ライルは自分の秘密を彼女に打ち明けたが――彼女も彼を裏切ることはなかった。

「でも、すごいじゃない！」と彼女は言った。彼のほうに体を向け、肘をマットレスに突いて、手で頭を支えた。

「すごくない。苦痛だよ」

「そう？　でもすごいチャンスよね。その特別な目があればできることを考えてみて。贋作の絵を見破れる」

ライルは瞬きをして彼女を見た。

「レンブラントの絵画と偽物との違いがわかるでしょ」と彼女は説明した。別の日には、「改変された物質の正体を見破れる。禁止された農薬の形跡を調べられる」とも言った。「あるいは、岩床の断層を見つけられるとか」と、ライルはまったく熱のこもらない口調で言った。

「あるいは、男性のツイードのスーツの肩についた化粧品の物質がわかる」

「どういう意味？」

彼女は説明した。不倫している人はたいていその事実を隠そうとするので、不当な扱いを受けている連れ合いは大枚をはたいて私立探偵を雇うものなのよ、と。そして別の日の雨の日曜日、いい加減なレストランが間違った名前を付けている魚料理を見分けられるね、と彼女は言った。「そういう店は、仔牛の膵臓《すいぞう》だといって脳を出したりすることがある。ほかのやり方もあるかもしれない。悪者を裁判所に連れていくとか」

彼は答えなかった。彼はまたもや彼女の乳房を見つめていた。乳輪は藤紫色で、いつもと同じだが、それとは対照的に、肌は前より黄色っぽくなっていた。目を上げると、彼女の目の強膜が凝乳化しているのがわかった。災いが近づいている。こんな形で自分の天賦の才を使いたくなかった。

「ぼくのためにしてほしいことがある」と彼はなんとか声を出した。

「たいていのことは訊いてあげる」と彼女は言った。

「かかりつけの医者にお腹のＭＲＩを撮ってもらってほしい」

「どうして？　わたし、元気よ」

「それから、膵臓《すいぞう》の生検も」彼はそう言うと、泣きだした。

V

一年が経った。ある八月の午後。マーカスが研究室から出てくると、ライルがひとりでバスケットボールのシュート練習をしていた。

「きみに話したい物語があるんだ」とマーカスは言った。

「いいよ」本を読むと、黒い文字がページ上で震えるときがあった。しかし耳で聞くときには、目を閉じて、瞼の裏のサクランボ色のパッチワークの陰でひと休みしていればよかった。

「ジャマイカの話だ」とマーカスは言った。

「じゃあ、アナンシの話だね」

「アナンシも出てくる。でも、主人公はひとりの若者だ」

ふたりは地面に腰を下ろし、両腕で膝を抱え、山毛欅《ぶな》の木の幹に背中を預けた。まるでカリブ海の村でグワンゴの樹に寄りかかっているかのように。

マーカスは話し始めた。

「昔々、ひとりの若者が住んでいた。その若者は人の知らないことを覗きまわることで幸せを感じていた。とりわけ夜に起きることを覗きまわった。秘密がそっくり明らかになればいいと思っていた。彼はさまざまな魔法使いを訪ねて、自分にいろいろなものを見せてほしいと頼んだが、彼を助けてくれる者はひとりもいなかった。ようやく彼はアナンシのところに行った。若者の願いを聞いて、蜘蛛のアナンシはこう諭した。

『いいかね、知見がもたらすものは幸福ではなく不幸だ。多くのことが隠されているのには理由がある。多すぎる知識は喜びを消す。したがって、自分のしていることをよく考えろ、さもないといつか後悔する。だが、私のこの忠告を真に受けようとしないのなら、おまえが死ぬほど知りたい秘密を教えてやろう』

『是非、お願いします』

『明日の夜、七年に一度だけ開かれる、王蛇《おうじゃ》が裁判所として開く場所へおまえは行かなければならない。その場所を教えよう。しかしこれだけは忘れるな。盲《めしい》は人間の最善のものなのだ』

その夜、若者は王蛇の所有する広々とした寂しい荒野に向かって歩いていった。月明かりのもと、小さな丘がたくさんあるのが見えた。彼は茂みのなかに這いつくばった。突然、荒野の真ん中が昼のように明るくなった。その瞬間、すべての丘がのたうち始め、ゆっくりと進みだした。それぞれの丘が無数の蛇に分かれ、光を目指して進んでいった。若者は無数の蛇をその目で見た。大きな蛇、小さな蛇、あらゆる色の蛇がひとつにまとまって巨大な王蛇のまわりを取り囲んだ。光とさまざまな色がその頭から放たれていた。若者は光が人の目にはたいして映っていないのを知った。虹色、生物発光、青みがかった乳白色、オパールのような光をその目でとらえた。そしてその光景が消え失せた。若者は家に帰った。

その翌日、彼はまんじりともせずに夜を待った。昨夜の荒野に行くつもりだった。しかしそこへたどり着くと、なにもない荒野が広がっているだけだった。灰色、灰色、灰色しかなかった。幾夜も通ったが色を見ることはなかった。見るためにはまた七年を待たなければならないのだ。

彼は昼も夜もその色のことを考えた。世の中にあるそれ以外のものすべてを忘れた。自分には所詮身につけられないもののために病むようになった。そして七年が経たないうちに死んだ。臨終のときに、アナンシが言ったことは本当だったのだと知った。『盲は人間の最善のものなのだ』」

しばらくしてライルが言った。「でも、パパ、完全な盲ではないよ……」

「ああ、そうだ。寓話には誇張が入る。超過視覚……上位視覚……過剰視覚……異常視覚……そういったものから解放される」

「先を見る能力からも」ライルは付け加えた。「ぼくは解放されるの？」彼はマーカスのほうを向いた。彼の優れた目が、平凡な茶色の目がわずかに膨らんだようだった。涙が涙管から入ってきていた。

マーカスは辛そうに肘を樹皮にこすりつけながら少年の肩に腕をまわした。「そう思う」

翌週、マーカスは夕食の時間に眼鏡を持って現れた。縁がなく、弦《つる》だけがある眼鏡だった。ふたつのレンズは極小の多面体がたくさん集まってできていた。

「プリズムね」とパンジーが言って、ウサギのプルーン煮《ラパン・オー・プリュノー》を皿に盛って出した。

「複雑なプリズムだ」とさらにデイヴィッドが説明を加えた。いまやデイヴィッドはパンジー一家と暮らしていた。ようやく彼は、自身の独身主義と精神性とに折り合いを付けられるようになったのだ。非常におしゃべりになるときもあった。

マーカスはライルのほうを向いた。「これはきみにだよ」そしてその眼鏡を少年に渡した。「好きなときにかけてみてくれ」

「違った視界になる」デイヴィッドが言った。「それにだ、ライル、その眼鏡を気に入らなくても、いっこうにかまわない」

ライルはその眼鏡を家のなかでつけなかった。彼は堂々とした山毛欅の木と花の咲く木立のある外の芝地へ出て行った。無数の色がひしめく夏の普通の光景を見渡した。彼にとってはこれが普通だったが、そう見えるのは自分ひとりだけだということはわかっていた。いまや、もう一方の普通を知ることになるのかもしれない。眼鏡をかけた。

だれかが明かりを消したかのようだった。あるいは、太陽の前を分厚い雲が渡っていったかのようだった。大半の生き物が闇のなかで見るものは鮮やかではないことをライルは知っていた。いま見ているものに鮮度はなかった。明暗の差のない家は灰色だった。もしかしたらその灰色のなかに金色が混じっているのかもしれない。研究所の緑色の羽目板では、一枚一枚の板がかすかな陰影を下の板に落としていた。山毛欅の木は茶色と赤の組み合わせだ。ゼラニウムの色合いは赤紫色だ。赤紫のひとつの色合いだけ。自分の肌を見ると、渋茶色だ。空を見た。青。それがゆっくりと濃くなっていく。もう夕暮れなのだ。紺青色。

ライルは家のなかに入った。「この眼鏡、いいね」

「色はどう?」マーカスが尋ねた。

「どんよりしてる。色数がものすごく少ない。動きがない。遠近感がよくわからない。物がみんな、三次元的にしかない感じ。色が減って嬉しいよ。これでふた通りの見方ができる。ありがとう、パパ。ありがとう、デイヴィッド。ものすごいプレゼントをもらったよ」

「選択肢をひとつ渡しただけだ」とマーカスが言った。「いつも、どっちにもなれるプレゼントだ」

ライルは不意に口に出した。「蜘蛛は？　蜘蛛の視覚はどんななの？」

デイヴィッドが言った。「蜘蛛は通常、八つの眼が甲殻の前面に二列に並んでいる。その目は外からは銀色に見える。網膜は受容細胞の粗粒状のモザイクになっている。それで影像をどうやって分解するかというと……」

「見えなくさせる」マーカスはそう言ってデイヴィッドの言葉を締めくくると同時に、ライルの質問に答えた。

ライルは毎日、眠りに就くまでその眼鏡をかけた。その新しい眼鏡を外すのは明かりを消し終わったときだけだった。同級生たちはその眼鏡に無関心だった。所詮はティーンエージャーであり、自分以外のことにはたいして興味がないのだ。しかしライルは新しく得たありふれた視覚のおかげで、新たなありふれた動作ができるようになった。もう二度と、空中を見つめたりすることなく、楽に会話を交わせるようになった。女の子から電話がかかってきた。さらに活動的になった。マーカスとデイヴィッドはサングラスや水泳用のゴーグル、バイク用のゴーグル、化学研究用の広角の眼鏡も作った。ハロウィーン・パーティ用の鼻眼鏡や堅いカラー、フロックコート、付け鬚《ひげ》も作ってくれた。「チェーホフになるんだ」とライルは説明した。チェス・クラブに入った。そのクラブは日曜の午前中に開かれた。ライルの日曜の午前の時間は空いていた。ラピダス先生がつい最近他界したのだ。

研究所で、マーカスとデイヴィッドはいま、マイクロ光学式広角レンズを設計している。そのレンズは患者の眼に、適切な試行をおこなったあとで、植え込むことができる。写真とX線断層影像用の新しい器具も作った。角膜内に入れるインレーも作った。パンジーはこの事業の業務を担当し、五人のスタッフの仕事を管理した。視覚野が欺されることについて多くを学んだので、彼女は標準的な錯視をあつかう専門家になり、独自の機器も開発し、マーカスとのあいだに生まれた双子の男の子たちを惑わしている（「双子の顔の色は素焼きの陶器だよ」とライルは昔の色見本を思い出しながら弟たちのことを語っている)。パンジーは自分が設計したゲームを売る副業も始めた。双子の誕生パーティに使った精巧な発明品のなかには、研究所から離れたところに新しく建てた部屋で体験できるものもある。双子の友人たちは錯覚に浸れる世界で三十分ほど遊び、それからパンジーのスウィートポテト・アイスクリームを、こちらは実際に食べられるので、たくさん頬張った。

Ⅵ

十八歳になったライルはセント・ジョンズ大学に入った。彼はギリシャやローマの古典作品や哲学書を読むのを心待ちにしていた。大学のあるアナポリスに去ろうとする前日、秋の濃霧がゴドルフィンに、ゴドルフィンだけに立ち込めていた。ボストンでは太陽が顔を出していた。アナンシからの卒業プレゼントだ、とライルは思った。彼は川辺まで歩いていった。そこには、柔らかくて色のない霧がたゆたっていた。彼はゆっくりと、慎重に眼鏡を外した。

霧。まだ霧のままだ。そのうち徐々に、色が戻って来て、散らばる湿気の小粒たちが満ちてきた。物理の法則では、一粒一粒の水滴には虹が含まれている。しかし、別離の前日、あの蜘蛛の支配下にある水滴たちは、その法則を破り、粒のひとつひとつが生み出していたのは特異な色合いだった。すべてが一体となって色の宇宙を創り出していた。黄色がかった皺に縁取られたアイリスより濃い紫の色。真鍮色の線が入ったブロンズ色。彼が見たのは病気に感染した皮膚特有のインディゴ色、バクテリアを攻撃しているフクシア色、滑らかな若い腕の上ではそうなるとは知らずにいた、年齢を重ねた皺のオレンジ色だ。そう、すべての色が、頭痛をもたらすあらゆる色が、かつて見えていた色がそこにあった。

人が造った彼の眼鏡、トリックスター仕様の眼鏡は、人生をそう辛くはないものにしてくれはしたが、そのための犠牲は払った。この眼鏡のせいで、きらきらと輝く青青青紫が青青紫紫へと拡散して、さらに青紫紫紫へと圧縮して影を作っていく姿を見られなかったのだ。ヴァニラ色は隣のパピルス色を追いやっていた。一面の苔が母親のように、無数の緑色の子孫を覆い隠していた。くねくねと動く真珠のような光沢のある蛇たちは、少しばかり厭な気持ちにさせた。さまざまな色が人の目から隠されているのは無理もない、とアナンシは言っていた。薄緑色《シャルトリューズ》が左上から右下へ、右上から左下へと稲妻のように激しい勢いで視界を横切り、その二本の斜線は大いなる呪いであり祝福でもある網膜に留まり続ける。二本の斜線が交わる薄緑色のところは、奥行きのある卵型になっている。というのも、霧のなかではさまざまな陰影や色彩が震えながら存在し、三次元のようにも三次元半のようにも見え、さらに動きも加わり、色彩の乱舞のなかで色の滴《しずく》がたがいに攻撃し合っているからだ。薄緑色の交差するところにある卵型は、透明な青緑色が重なり合った無数の六角形に覆われている。そこには何百種類もの青緑色があるはずだが、それぞれの色はあまりにもわずかな、ほんの少しの違いしかない。それでもかすかな違いはあるのだ。どんな色が好き？　と人はよく尋ねる。子どもに必ずそう尋ねる。赤、と彼はよく答えたものだ。世の中にいくつの赤があるのか大人たちにはわからなかったが、彼はその頃から色を分けていた。夕焼け雲。朝焼け雲、引っ掻き傷の血、鼻血、轢《ひ》かれた猫。トマトのでこぼこの皮。その上にすべての赤が泳いでいる。ライルはこれが初めてではないが、自分の本当の父親はだれなのだろう、と思った。

　彼は眼鏡をかけた。霧は再び霧に戻った。普通の霧に、人々がスペクトルと呼ぶものを生み出す滴で満ちている霧に、ちっぽけな数の色に。この光景は数分前の輝く世界より現実的でないわけではない。どちらも同じように現実なのだ。真実は眼がとらえたものとなんのかかわりもない。いま見ているものは、ほかの人が見ているものに過ぎない。その限られた視覚を彼は選んだ。この世界で普通の人間として生きるつもりだ。二度と眼鏡を外すつもりはない。

花束

Flowers

二月の晴れた月曜日の朝、ロイスとダニエルが本を読んでいたのは、灰色の壁、灰色の絨毯、灰色の調度品で占められた単色《モノクローム》の居間だった。パニック発作を鎮めたり、発作を起こしたりする類いの部屋だ。ステレオからはスクリャービンの複雑な曲が突進してきていた。

玄関の呼び鈴が鳴ってロシアの常軌を逸した音楽に水を差した。ダニエルはまだバスローブとスリッパという姿だった。この日は主催するセミナーがなく、オフィスに出て行かなくてもよかった。ロイスはすでに服を着替えていた。スリムなズボン、Tシャツ、ジャケット、どれも黒だった。さまざまな黒い色の同じようなスタイルの服が、一列に並んだ患者さながらにクローゼットにかかっている。ロイスはまだ靴を履いていなかった。しかし靴を履いていなくても身長は百八十センチはあり、玄関先に立っているひょろっとした十代の少年よりも背が高かった。その少年が彼女の手に渡そうと突き出したグラジオラスの花は、ふたりの背丈を超えていた。「ベヴィントン夫人」少年が黄色のカードを読み上げた。ロイスは頷いた。「メモがあります」少年はそう言うと、道路脇に停めてある、地元の花屋の名前が記されたバンへ急いで戻っていった。

ダニエルはいつものように音も立てずにロイスの後をついて玄関まできていた。「その花を生けられる長細い花瓶があったっけ?」

「ないわね」グラジオラスの花に鼻を埋めることなどできないが、ロイスはやってみようとした。そのあいだにダニエルは、雪が積もっているのでブーツを履いて、ガレージに向かった。ロイスは素足のまま、両腕に紫色の大きな束を抱えて彼のあとをついていった。ダニエルはきちんと整理されたガレージのなかを見渡し、土色をした背の高いゴム製のバスケットを選び、それを持ち上げて外の水道の下で洗った。それからそのバスケットの半分まで水を入れた。バスケットを下ろすと、ダニエルは居間へと戻り、ロイスは足を青白くさせながらやはり彼の後に続いた。ダニエルは本棚の前に新聞紙の車部門のページを広げた。そしてバスケットを取りに外に出た。ロイスはキッチンへ行った。

彼女は調理台にグラジオラスの花束を置いて包装を外した。花の茎のあいだからメモが滑り落ちた。「ハッピー・ヴァレンタイン・デイ」とあった。「愛してる、ダニエル」

彼女は居間へ戻った。グラジオラスの花々はいまや彼女の腕のなかでまっすぐに立っている。「ダニエル！　なんて優しいの。とても素敵」彼女は花をゴムのバスケットのなかに入れた。

「気に入ってくれて嬉しいよ」と言ってダニエルは目を上げたが、その声はふたりの双子の大学生の息子たちよりも、配達にきた少年よりも若々しかった。そういえば、配達の少年は喪中の家に来たのかと思って逃げ出したのかもしれない。

「気に入ったどころか、大好きな花よ」ロイスは言った。本当にわたしは生きているわけだしね、と彼女は心のなかで言った。そしてダニエルのところまで行き、彼にキスをした。ダニエルから花束をもらうのは、出産以来これが初めてだった。

ダニエルはロイスの瞳が異様なくらい輝いているのに気づいた。

玄関の呼び鈴がまた鳴った。

今度は隣町の花屋のトラックだった。やはり十代の少年が言った。「ロイス・ベヴィントンさんへ」少年が手渡したのは、花瓶に入った十二本の真っ赤な薔薇だった。

彼女はその贈り物を背の低いコーヒーテーブルに置いた。ダニエルがいきなり脇に立っていた。「すごいな」と言った。

「すごいね」と彼女は同じように言った。小さなピンク色の封筒を開ける前にしばらく手でもてあそんだ。ダニエルはその動きに促されるようにさらに彼女の近くに寄った。ようやく彼女はカードを取り出した。「愛する者から」と書かれていた。署名はなかった。その言葉はコンピュータで印刷されたものだった。

「センチュリー・ゴシック体だ」とダニエルは見分けて言った。「ぼくもキーボードで打ちますかって訊かれた。フォントもいろいろ選ぶことができた。でも、ペンで書くことにしたんだよ」

「わたしは手書きが好き」とロイスは力を込めて言った。

ふたりは自分の椅子に戻ったが、読書には戻れなかった。

三番目に来たトラックは、ボストンの有名な花屋のものだった。配達人は中年の女性だった。「ベヴィントンさんへ」と彼女は言った。

ふたりは再びキッチンへ戻った。今度の花束は浅い器から爆発したような形だった。繊細なリボンとセロファンが輝いていて、それがどんな花なのか見当もつかなかったが、リボンを切ってセロファンを外すと、ふたりの目には目映いばかりの光が飛び込んできた。真っ白なライラックの花のなかにところどころ赤紫色と真っ青な花が入っていた。ロイスはその器を居間へと運び、ピアノの上に置いた。封筒が床にはらりと落ちた。ダニエルがそれを拾い上げた。まるで自分に贈られたものであるかのように。しかし花束はロイス宛てだった。丸まった文字が書かれているのは、筆跡をごまかすためか、読みやすくするためかもしれない。

「開けて」とダニエルはそっけない大きな声で言った。「ください」と言い足した。彼女はカードを抜き出した。

「愛とは、ふたつの孤独が守り合い、隣り合い、挨拶し合うことから成り立っている」

ふたりともこの言葉の引用元がわからなかった。灰色のソファに隣り合って座り、それぞれ『引用句辞典』を調べた。原典はリルケの書いた手紙だった。

「あのライラックがリルケから送られてきたとは考えにくいな」とダニエルが言った。

「チューリップにしてもそうだけど」

「薔薇よ」とロイスは小さな声で言った。

「薔薇だ。あれは死んだ詩人から来たわけじゃない」

「そうね」ロイスは言ったが、同意するつもりも、異議を唱えるつもりも、ましてや憶測するつもりもなかった。それはほかのだれかに任せればいい。

簡素な部屋にいきなり花が満ちたことを理解するには、時間をひと月前に、場所を八百メートルほど離れたところに戻したほうがいいだろう。マコーリー・ベルが妻のアンドレアの五十歳の誕生パーティの献立を選んだ夜のことだ。ロイスはそのパーティへ仕出しをするために雇われた。それで広々としたキッチンで面接を受けるために待っていた。マコーリー・ベルは心臓学者だから、もちろん肉料理、クリームチーズ、パテは禁止だ、と言うかもしれない。ロイスの得意なティラミスを見て親指を下に向け、遺伝的に考えると一口でもそれを食べたら確実に死ぬよ、と言うかもしれない。もしかしたら、フルーツサラダと堅パンを求めるかもしれない。

しかし彼は六十歳の太鼓腹の男で、太い声の持ち主だった。ロイスの七層のトライフルと同じくらいどっしりしていた。それで彼女はトライフルを切り分けて彼に差し出し、さらにもう一切れ渡した。彼は、仕出しの最高の料理をゲストに出したいと述べた。そしてロイスの危険極まりないメニューをすべて承諾したが、ブリーチーズのパイ包み焼きだけは却下した。そのとき彼は、親しくしているチーズ卸商が特別に作ったカマンベールチーズをしょっちゅう届けてくれるので、と言った。

「それであなたはしょっちゅうその人の動脈を切除してあげてるんですね？」とロイスは訊いた。

彼はにっこりした。「それは外科医の仕事ですよ」そしてこの痩せた女性に奇妙な共感を覚えた。彼女は笑うのを躊躇《ためら》っているようだった。かすかな不正咬合だろうか。だれも彼女に、反《そ》っ歯はセクシーだと伝えなかったのか。マコーリーは彼女が既婚者だと知ってはいたが、果たして結婚生活は順調にいっているのだろうか、と思った。

「うまくいってるわよ」と後に帰宅したアンディが言った。アンディはロイスが講師をしている「大人の教養料理講座」を取っていたことがあった。甘いスープととろっとしたパイ。そしてその長身の講師と、薄っぺらな友情を育んでいた。ふたりで『ペンザンスの海賊』（ギルバートとサリヴァンのオペレッタ。一八七九年）を聴きにいった。「夫は海に出ていて、彼女は引き上げ方を知らないの。ま、それはわたしの推測だけど。夫は数学だかなにかを教えてる」。事実、ダニエル・ベヴィントンは世界で最高レベルの数学者だったが、マコーリーはその情報に関してアンディと揉めたくなかった。「ロイスは素材のいじくり方をよく知っているわね。人が考えつきもしないものを組み合わせる。唐辛子とメロンとかね」

パーティの前夜、ベヴィントン夫妻はオードブルとペストリーをベル家の永久に整頓されないキッチンへ運び込んだ。ロイスは、マコーリーとアンディが昼のあいだに空っぽにしておいた冷蔵庫を開けた。ベヴィントン夫妻は冷蔵庫のなかにトレイを積み上げ、それを順番に出していくので、食品がぶつかり合うことはなかった。それからロイスとアンディは一階を歩きながら、バーを置く場所について、キッチンからほかの部屋へ行くさまざまな動線について、そしてピアノ演奏者がお酒を飲み続けられる限りはどんな曲でも弾けることについて話し合った。

マコーリーは協議しているふたりの女性を見つめていた。アンディのそばかすの散った美しい顔がロイスの横顔に対峙している。ロイスの柔らかな上唇は、うまく合っていない歯をすっかり隠しきれていない。彼女の夫はまだキッチンで窓の外を眺めている。裏庭に兎がいるのかもしれない。コヨーテも出てくることがある。兎のなかには心臓が一分間に三三五回鼓動する種もいて、そういう兎はコヨーテが近づいてくるとショック状態になる。捕食するほうには都合がいい。しかしマコーリーが窓に近づいてみると、兎が現れている様子はなかった。数学者はまっすぐに何かを見ている。もしかしたら樺の木々か。雪のように白い木……。人間の拍動は、心臓に異常がなければ、一分間に七十回から八十回だ。マコーリーは、このふたりの鼓動はかなりゆっくりだと見た。

　彼はダイニング・ルームへ移動した。そこからならキッチンにいるダニエルも、居間にいるロイスも眺められた。彼にはすでに仕出し屋が有能で信頼に足ることがわかっていた。もしかしたらこの女性は物を棄てる名人かもしれない。料理で生計を立てている人物にはありがちなことだ。それに彼女にはわかっているのだろう、自分の味付けは創作料理の美点を確かめるのにぴったりであって、食欲を満足させるにはそれほどではないということを。しかしアンディが教えてくれたことによれば、ロイスは創意工夫に富むという。彼は大きな頭を横に振った。ほかの人たち！　ほかの人たちの結婚生活のことなど！　マコーリー自身は自分が夫として不完全であると思っていた。アンディにしても、衣装の違いに気づいたためしがないし、ベッドメイクしても非難されるのがオチだ。アンディにしても、くだらない小説ばかり夢中で読んで、電話でいつまでもしゃべり続け、人を惑わせることばかりしている。むかし、「万事休す。逃げて」と、ワインの輸入業者をしている従兄に電報を打ったことがある。その従兄はしばらく町を離れていた。アンディはトイレットペーパーを買い忘れたし、彼のシャツをクリーニング屋から持ち帰ってくるのを忘れたし、使用料金のことで電気会社に苦情を述べるのを忘れた。しかしマコーリーは彼女の鷹揚な性格やいつでも抱きしめてくる腕や、豊満な胸、彼が絶頂を迎えたときに軽く笑う笑い方を愛していた。性交後の心臓は前よりもっと不規則に鼓動するようになり、息切れも長引くようになったものの、いまもちゃんと絶頂を迎えられる。そしてゆっくりと膨張が引いていくとそれが彼女自身の絶頂を招くので、そのときに彼女は何度も軽く笑うのだ。どの夫婦にもそれなりの変わった性癖がある。突然彼は、自分たちの家に入り込んできて、とても有能に、まるで互いの動きをよく知っているダンサーのように仕事をこなしている痩せたふたりを追い出したくなった。

「ねえ、きみたち」と彼はアンディとロイスに呼びかけた。「きみたちはピアニストのことを気にかけすぎじゃないかな。彼の取り巻きが酒を注ぎ続けるよ」それから彼は、腹を揺らしながらキッチンへ滑るように進んでいき、まだ窓の外を眺めている数学者に話しかけた。「春になったら是非また来て見てくださいよ。去年の十月にも、一昨年の十月にも、一昨昨年《さきおととし》の十月にも植えた三百本のチューリップが咲き誇ります。古いチューリップもたくさん咲き続ける。自然はやすやすとわれわれを魅了してしまう」

ダニエルは裏庭を見ていたわけではなかった。彼は先ほど目撃したことをずっと思い返していたのだった。ほんの短い、音のない、反対向きになった光景を。ダニエルは窓が作った黒い鏡を通して、裏庭の風景に重ね合わさった光景を見たのだ。彼はいまと同じ位置に、ずっとこの場に立ち尽くしていた。すべての食材が運び込まれたら雑用係としての彼の役割は終わり、あとは自由にしていればよかった。ロイスは刻んだ人参を入れたトレイと調味料を入れた小さなポットを並べ直していた。ベル夫妻が、ダニエルの背後のダイニングルームに立っていた。だから実際にはダニエルの背後にいたのだが、そんなことはどうでもいい。ふたりはダニエルの目の前の裏庭のちょうど真ん中に映っていた。アンディの肩を抱いているマコーリーの左腕が胸へと伸びていた。アンディの右手が見えないところで忙《せわ》しなく動いていた。紛れもなく、マコーリーの後ろのポケットに手を押し込んで尻の膨らみに合わせて指を曲げていた。ふたりは互いの顔を見ることはなかったが、アンディが顔を二ミリほど動かしたので、その髪が夫の鼻孔に軽く触れたのだろう、彼は俯いて成果を確認した。それだけだった。慎ましい前戯が窓に映っていたのだ。しかしダニエルは、ロイスの木のスプーンではらわたをかき回されているような気持ちになった。初め、それは羨ましさからだったが、やがてとても深い安堵感に変わった。なぜなら、だらしのない妻を持った太った心臓学者を羨ましく思うのは、ダニエル自身の連れ合いが、夫の望みどおりの完璧な黙想ができるよう、あらゆる部屋を灰色に塗り、夫の今後の人生までも灰色にしてしまった声の優しい人物であるからだった。しかもロイスは、スクリャービンにまで関心を抱こうとしている。しかしこのようなことは交換可能でなければおかしい。そうすべきだ。この方程式の彼女の辺には何が置かれているのだろう。

そういうこともあって、ヴァレンタイン・デイの三日前にダニエルはグラジオラスを注文した。

しかし、薔薇の花は？　ロイスが自分宛に贈ったものだろうか。もしかしたら薔薇は、心に火をつけて、その火を煽り立てるかもしれないから……。

それにライラックの花は？　その花束はボストンの花屋に現金で支払われていた。ダニエルとロイスはそれぞれ別々に花屋からなんとかその情報を引き出した。しかし配達の女性はそれ以上言おうとしなかった。それ以上は知らなかったのかもしれない。それでロイスは、自分がしかけた策略が倍になったとわかったことで満足しなければならなかった。どうやら妻には崇拝者がいるようだ。それも今回が初めてではないらしい。

ダニエルはまたもや、心穏やかではなくなった。花束があとふたつも！　妻はあまりにも性的魅力に溢れているので、見知らぬ人物――彼には思いもよらない人物――が妻に花を贈ったのだ。十分に注意しなければならない。あるいは、これはぼくからの花束なんだよ、と言うこともできる。ダニエルは記憶力もよく、こうと決めたら揺らぐことなく、性的能力もある。なにかが心にひっかかった。ひっかかり続けている。ある程度の性質はそう簡単には変わらない。自分がなにより興味を抱いているのは数字だ。しかし、一度心の中に根付いた愛情は、たとえ遅咲きだったとはいえ、いまでは満開になっている。自然はやすやすとわれわれを魅了してしまう。

しばらくすると、ロイスは自分が躊躇わずに笑みを浮かべられることに気づいた。

誕生パーティの翌日、ベル夫妻はカリブ海へ向かった。そしてヴァレンタイン・デイ当日にも、まだそこにいた。その日の朝早く、アンディがまだ眠っているあいだに、マコーリーはリゾートのオフィスまでぶらぶら歩いて、注文していた椿の花を取りに行き、ピルを飲んだ。キャビンに戻ってくると、椿の花びらを裸の妻のうえにまき散らした。この絹のような花のシャワーを浴びて、アンディは榛色《はしばみいろ》の目を開けた。数多《あまた》の男を跪《ひざまず》かせた目だ。文字通り跪いた男もいた。そして彼女は自分の選んだ男に笑いかけ、ベッドから滑り出ると花びらに少し邪魔されながらバスルームに入った。戻ってくると花びらのうえに身を横たえ、夫に向けて体を開いた。夫が入ってくると、彼女はアレンジされたライラックの花を、衝動的に、名前を書かずに仕出し屋に贈るよう指示したことを思い出した。悪戯からだったのか、好意からだったのか、意味もなくやったのか、と考えたところで、お お、愛してるよ、愛しいおまえ、とマコーリーが喘いだので、花のことを考えるのはやめて当面の事柄に身を委ねた。

坊や

Sonny

ミンディの父親が闘病中と回復期に受け取った本のなかで、いちばん気に入ったのは『ユダヤ人の伝説』（ルイ・ギンズバーグによる聖書にまつわる話の集成）だった。歓迎されない見舞客である疣《いぼ》がある太った導師《ラビ》ゴールドストーンが、ある日病室に苦労して運び込み、六巻すべてをベッドの上にドサリと置いたのだった。まるで精神を磨けば肉体の病気など克服できるとでもいうように。ミンディの母親ロウズは曖昧な微笑をラビに向けた。ミンディにはその笑みに含まれた意味がすぐにわかった。「わたしがその一巻でも開くなんてことは絶対にありません」という意味だ。患者たちが送ってくれた大量の本からロウズが選んだのは、ジョン・マーカンドの『B・Fの娘』（BFは「bloody fool（大馬鹿者）」の略だとされる）で、これは戦後初のマーカンド作品だった。彼女はマーカンドの育ちのよい登場人物たちを愛していた。

ミンディとその姉と妹がいちばん好きなのは『錯視芸術の巨匠たち』という錯視の本で、ジュリアス・バレンゴーズ夫人の召使いがわざわざ届けてくれたものだった。夫人は隣の通りに建つ大きな邸宅で暮らしていた。『錯視芸術の巨匠たち』にはダリやマグリットやエッシャーなどの油絵や彫刻の写真も入っていた。ありえないことをありえるようにしたのだ。雲のなかに帽子が鳥のように浮かんでいる絵。時計がシロップのように垂れている絵。変容は遊びだった。それこそマルゴリズ家の少女たちが探し求めているものだった。

　確かに変容としか言いようがない。父親はすでに健康な男から病弱な男に変わっていた。それでミンディと姉妹は、ついこのあいだまでの状態に、それなりに満足している六人家族に戻りたいと思っていた。両親と、未婚の叔母セシル（本棚から選んだのはペリー・メイスンの最新刊だ）と、三人のお姫さまに（娘とも呼ばれているけれど）。「おとぎ話には必ず三人姉妹が出てくるね」とテルマが言った。「上のふたりは卑しくて、いちばん下が善良な娘《こ》なの」テルマは十二歳でいちばん下だった。「でもベルの姉たちはそれほどひどくなかった……」（『美女と野獣』の美女のこと）

「三人姉妹というのはドラマにありがちよ」と、いちばん上のタリアが言った。「チェーホフはそのタイトルの戯曲を書いているし、あのリアも……」

「リアのことは考えつかなかった……」

「リアって？」とテルマが言った。

タリアは十六歳でいちばん聡明だった。三季制高校の十一学年の第一グループだった。ミンディは十四歳で、九年生の第一グループだった。テルマはまだコース分けがされていない小学生だった。

タリアは言った。「リア王には三人の娘がいたの。ゴネリルにリーガンにコーディリア」

「ジェンダーに関しては、うちはバランスを欠いているね」とミンディは物語の名前を顧みずに言った。

「パパとママはあんたが男の子だったらいいって思ってた」とタリアが言った。

「わたしが生まれてからは、テルマが男の子だったらって思ってた」ミンディが言った。

「わたしは男の子だよ」テルマが言った。「ときどきだけど」

マルゴリズ家の両親は、どんな子を望んでいたにせよ、聡明で体重の少ないタリアと巻き毛で可愛らしいミンディと元気なテルマに満足している、と娘たちに伝えていた。テルマには絵を描く才能があった。顔を描くのが得意だった。それで父親の回復期にはずっと、猛烈な勢いで絵を描いていた。『錯視芸術の巨匠たち』に最初に目を留めたのはテルマだった。彼女はすぐに、その本の最初にある「錯視」を摸写することを学んだ。彼女のお気に入りは、向かい合った同じ形の横顔のあいだに空間がある有名な図柄だった。その絵を見ているうちに、突然横顔だと思っていたものが花瓶のシルエットに変わる。花瓶の輪郭が、斜めになった額と突き出た鼻と丸みのある口と張り出した顎になっている。テルマはこの向かい合った同じ横顔のあいだにきれいな形の花瓶を描いた。それから、同じではない顔を向かい合わせに描き、左右非対称の、いまにも倒れそうな花瓶を創り出した。『ユダヤ人の伝説』という本はといえば、三人の娘は半分開いた寝室のドア越しに、身を起こした父親が膝の上に広げているその本を見ることができた。ときどき、父親はページをめくった。それでタリアは『錯視』をやめて『伝説』を読むことにし、居間にある父親の革のリクライニング・チェアに腰掛けて読んだ。気に入った語句を螺旋綴じのノートに書き写した。さしでがましいことに、『伝説』を母親に朗読して聴かせた。ミンディには、母親が耳を傾けているようにしか思えなかった。テルマには、母がタリアを塩の柱に変えてしまいそうなほどの嫌悪感を込めて睨んでいるように見えた。ミンディは、神が時計のように柔らかくとろけて、イサクを救い、ヨハネを救うという考えが好きだった。

とはいえ、ミンディがいちばん好きなのはアルチンボルドの油絵だった。アルチンボルドは十六世紀の有名なイタリア人、とその本には書いてあった。彼の肖像画は果物、野菜、花から構成されていた。つまり、果物や野菜や花の姿を、並び方を工夫して描き、グロテスクな人物の顔に見えるようにしていた。それには、絵を理解するための手がかりとなるタイトルがついていて、しばらくしてわかるのだが、たとえば『秋』という絵に描かれた人の顔では、帽子が南瓜《かぼちゃ》、髪が葡萄《ぶどう》、鼻が馬鈴薯《じゃがいも》、瘤が桜桃《さくらんぼ》になっている。頬が林檎で耳は茸《きのこ》なのだ。『庭師』という絵は根菜類で出来ていて、導師ゴールドストーンに気の毒なほど似ていた。それぞれの野菜や、野菜の一部分が正確に描かれているため、ミンディはページから取り出して食べたくなるほどなのだが、衛生状態のことを考えれば、まずは熱湯に入れたほうがいいだろう。

『伝説』のなかでも果実には役割がある、とタリアはミンディに言った。エヴァの林檎はもちろん、石榴《ざくろ》を始めいろいろな瑞々しい食べ物が登場する。「モーゼは、アロンのために聖なる衣を作ってアロンを私に仕えさせよと命じられた」（旧約聖書 出エジプト記第二十八章）とタリアは声を出して読んだ。「衣の裾には青糸、紫糸、緋糸で石榴を作り、金の鈴を石榴のあいだに付ければ、アロンが聖所に入ってエホヴァの前に出るときに、そして聖所から出るときに、その音が聞こえて、彼は死を免れるであろう」

去年、ミンディのクラスは神話を学んだ。「古代ギリシアでは、石榴は死の象徴だったのよ」

「うるさいなあ」テルマがふたりの姉に向かって言った。

アルチンボルドの作品に石榴は滅多に登場しないが、よく知られた果物がたくさん登場する。それでミンディは野菜売りのルイを思い出した。


野菜売りのルイは果物や野菜で出来ているわけではない。ルイは丸帽子を被り、顔には小さな目と大きな鼻と歯の欠けた口があり、古着屋で手に入れた服を重ね着していた。野菜売りと呼ばれていたのは、果物と野菜を積み込んだトラックで商売をしていたからだ。

ルイが来る前、マルゴリズ家には別の野菜売りが来ていた。パチという中肉中背のニューイングランド人だが、先祖はイタリア系だった。このあたりの住人の三分の一はイタリア系だ。もう三分の一はアイルランド系で、残りの三分の一がニューイングランド人、つまりヤンキーだった。黒人もいた。黒人たちは、住宅供給、公共サービス、学校、雇用といったさまざまな面で軽視されていたので、暴動を起こさないのが不思議なくらいだった。愛する作家マーカンドから階級制のことを学んだロウズには、この町の民族集団が階級のはしごを形成しているのがわかっていた。最上位にヤンキーが位置し、二番目がユダヤ人、三番目がアイルランド人、その次はその他大勢のアメリカ人、そして黒人。ロウズは二番目のユダヤ人たちを同じように等級分けしていた。ただし、ユダヤ人のはしご段は職業別になっている。最上位が教授（地元の大学にユダヤ人教授はひとりしかいなかった）、それから医師、弁護士、次に実業家（ただし、非常に成功している場合は弁護士の上になる）。中くらいの実業家の下に高校教師。ここにはやむなく結婚せずに母親と暮らしているとか、地味なセシルのように兄の家に同居したりしているといった教師も含まれる。それからその下に、手を使って仕事をしている足治療医。その下は、跪《ひざまず》いて仕事をしている仕立屋。そしてその下が野菜を売る人。たったひとりの教授と同じく、野菜を売るユダヤ人もひとりだけだった。ルイだ。

こうしたランキングはその都度変わる。美しさや音楽的才能や悲惨な出来事が、その人のランクを上げることもある。怪しげな過去があったり、寄宿している親類や落胆させる子どもがいたり、結婚に失敗したりした人は下のランクに入る。人間のこの等級分けはね、とタリアは妹たちに伝えた。天国でも同じようなもので……。

「そんなこと言わないでよ！」ミンディが言った。

タリアの目が潤んだ。ミンディは、このところタリアが知ったかぶりをしなくなったことに気づいていた。たとえ新しい眼鏡をかけると天才に見えても。これは逆説的だわね、とミンディは思った(彼女の語彙は豊かになりつつあった)。

「わかった、話してみて」とミンディは言った。

「あなたは天国へ行けるような人間じゃない」とタリアは体勢を立て直し、語気鋭く言った。「ママのランキングを見ると、ママがわたしたちのことをいかに不安に思っているかがわかるわ」とタリアは説明した。医師の子どもとして育てられているので、上から二番目のランクにいるけれど、そこから滑り落ちる危険はいつもある、と。不釣り合いな愛情を抱いたり、神が禁じている不釣り合いな結婚をしたりする道に繋がっていくような、不吉な友情を育むことがあるかもしれない。「ママはそういうことが人生で起きるのを見てきたわけ。それに――」

「わたしはふさわしい王子さまと結婚するつもり」とテルマが言った。今日は明らかに女の子のようだった。

「――マーカンドの作品にもある。だからママはわたしたちがどこに位置するかを教えたいんだわ」

その母親のランキングというのは大雑把なものだった。母親が流し台の前に立って、顔をこちらに向けるようにして肩越しに低い小さな声で言ったのだろうか。その横顔は完全ではなく、カールした髪が滑らかな額と頬とを覆い隠し、短い鼻しか見えなかった。あるいはこれは、美しいマルゴリズ夫人と三人娘がアイスクリーム・ショップに行く途中で言ったことだったのかもしれない。保険を販売しているシャピロさんについて、「保険業務をしている男は、それ以外の仕事で生計を立てられないのよ」と言ったのだ。病院の美しい黒人看護師について、「白人の少年に好かれるかもしれない」と言った。性的魅力があると異種混合へと繋がる。町の外にある大学に参加し、カナスタ（トランプゲーム）をやらなくなり、戦前の服を着るようになったバレンゴズ夫人については、「彼女はヤンキーが好きなのね」。横領をすると、その人物の階級は実業家から犯罪者へと転落する（野菜売りの下）。上流階級だと思われていた人が実はユダヤ人だとわかると、紛れ込んでいたヤンキー・グループの上にいく。ロウズ・マルゴリズはフーディーニが好きだった。あるいは少なくとも彼の発想が好きだった（フーディーニは稀代の奇術師）。

実を言えば、ロウズはだれにでも好意を抱いていた。はしご段の位置は人間の価値を示してなどいない。ロウズはルイも好きだった。パチのことも気に入っていた。たとえパチが野菜売りをやめて、ここに書き記せないような仕事に就いてしまったとしても。この町にはマフィアがいたのだ。

ルイは毎週木曜の午後四時頃に勝手口にやってきた。たいていルイの息子もいっしょだった。息子はミンディの同級生で、イタリア系の多い第二グループに属していた。その子はルイにそっくりだったが、父親より少しだけ背が低かった。それ以上背が低くなりようがないほどだった。父親と同じように大きく曲がった鼻があり、やはり父親と同じように古着を着ていた。ルイは息子を坊や《サニー》と呼び、息子のことを人に話すときも「坊や」と言ったが、ミンディは彼の本名がフランクリンだと知っていた。坊やは父親の恭しい態度も身につけていた。

「おどおどしたやつ」とタリアは決めつけた。

「何かに気を取られているだけ」ミンディは言った。坊やにはなにか心配事があるのだと思った。たとえ頭がそれほどよくなくても……先のことはわからない。タリアは、第二グループにいた子が第一グループに移り、しまいにはハーヴァード大学に入ったという例をわずかながらも知っていた。タリア自身、ハーヴァードに行くつもりでいた。

「坊やの目は緑色をしてる」とテルマが言った。

ミンディはそのことに気づいていなかった。次の木曜日にそれを確認した。そう、大きな目は吸い取り紙の色をしていた。ルイさんから受け継いだものにちがいない。

ルイと坊やの見た目は貧相だったが、トラックは素晴らしいものだった。パチのトラックには野菜がごたまぜに入っていた。ビーツの山が馬鈴薯の大山といっしょに並び、そのそばに林檎があったりした。傷のある野菜は時間が経てば萎れて、奥の箱でぐったりしていた。パチの車はときどきは掃除をされていたかもしれないが、床はいつも泥や屑野菜や踏み潰されたもので覆われていた。

ルイのトラックでは、生産物のたくさん入った箱が荷台の両側に、大きな箱は下、中くらいのは真ん中、小さい箱はいちばん上というふうに順序よく整然と並んでいた。ルイはレタスを湿らせてしゃっきりとさせた。運んでくる途中で坊やが何度もレタスに水をかけていたのだ。坊やがマルゴリズ家の外の水道から如雨露《じょうろ》に水を入れていることもあった。ミンディは、宿題をやっているキッチンの隅から外へ行っては、つまらない作業でもきびきびと働く彼を感心して眺めた。坊やの動きには無駄がなかった。挨拶するためにちょっとだけ手を止めることはあったが。

「こんにちは」とミンディはよく声をかけた。

坊やはレタスに水をやった。彼の後ろのトラックの内側には、畑の泥をつけたままの掘りたての馬鈴薯があった。人参は面白い形のものもあった。南瓜とズッキーニは引き出しのなかの手袋のようにきちんと並んでいた。そしてルイと坊やが動きやすいように一時的な通路が野菜の箱のあいだに作られていた。狭くて切り立ったその通路はトラックの奥へ(本当は車の前方、運転席のすぐ後ろまで)伸びていて、それを見ると遠近感が狂った。一キロ半も続いているように見えた。通路のいちばん奥には、宝物のなかの宝物である季節の花が、バケツに入れられていた。商売が終わるとルイはよく、トラックの荷台に上がって花を持って戻って来て、マルゴリズ夫人にプレゼントした。丸い帽子を被ったままで。

アルチンボルドの作品を見ると、ミンディはルイを思い出した。そしてルイが捨てた根や茎を見るとアルチンボルドを思い出した。彼女はときどきトラックの荷台に立ち、バターナッツ南瓜一個を鼻に見えるように置いたり、苺をきれいな口の形になるように並べたりした。あなたなら真珠色の小粒玉葱を苺のあいだに入れたかもね、とミンディはタリアに言った。歯のことだ。

「自然が芸術を模倣するの」タリアが説明した。そして「これは警句よ」と付け加えた。突然眼鏡の奥で涙が溢れた。「パパが早くよくなってほしい」

木曜日になるたび、ミンディは相変わらずルイか坊やが、あるいはふたりいっしょに、薄板を敷いた数個の籠に野菜を入れ、それをキッチンに運び込み、そこに置いて戻っていく様子をじっと見つめていた。翌週には、空っぽになったいくつもの籠が勝手口で待ちわびることになる。ルイのこのやり方はよくよく考え抜かれたもので、彼のトラックは誇り高くそのやり方を守っている。たとえ保険業務で金を稼げなくても、彼は最高の野菜売りなのだ。

そして坊やは、第二グループに属してはいたけれど、最高の弟子だった。ミンディは「こんにちは」と挨拶の言葉をかけ、トラックを無言で褒めてから、必ずキッチンの隅に戻った。そこから勝手口がよく見えたからだ。ルイは弟子を従えて勝手口で彼女の母親のそばに立っていた。ルイがなにかを勧め、母親が考え、話す様子を眺めた。そうね、それを一キロほどいただこうかしら。あるいは、良さそうなものを二個ね。あるいは、今日はそれはけっこうよ。ルイはその注文を螺旋綴じのノートに書き記す。その横では坊やが、自分のノートに同じように書き込んでいる。トラックからひとりで持ち運べるだけの量の注文が終わると、ルイが坊やに頷いてみせ、坊やは外に出ていく。マルゴリズ家の残りの注文はルイのノートにだけ書き留められる。その後、ルイも坊やのところへ行き、間もなくふたりはキッチンにいくつもの籠を運びこんでくる。

ミンディはこのお決まりの作業が見られなくなったら悲しいだろう、と思った。しかし、翌年には学校のオーケストラでヴィオラを演奏したいと思っているし、その練習は午後におこなわれるのだ。あるいはバスケットボールを見に出かけるかもしれない。それにそのうち、坊やと気まずい間柄になるかもしれない。彼女は性的魅力に溢れた女性になるよう運命づけられていた。母親は収穫のない買い物にでかけた日の次の土曜日に、善良な魔女のごとく、三人の娘に三人とも魅力的になると約束した。タリアは鼻をすすった。痩せっぽちの眼鏡をかけた少女が変容することなどあり得ないことがわかっているかのように。「わたし、かわいい男の子になれないかな?」とテルマが言った。しかしミンディは母の予言を信じた。彼女はすでに魅力溢れる母親にそっくりだ。賞賛されている医師のいちばん美しい娘になることを運命づけられていた。もっとも、最悪の事態が起これば、「賞賛された亡き医師」になる。坊やは野菜売りの息子のままでいる運命なのだ。もし彼が自分の分《ぶん》の上を望んでも、ミンディやほかの高いグループの女の子を愛しても、その愛が実ることはない。しかし、あらかじめわかっているこの落胆を味わうのは、あのトラックの荷台の通路のように遠い先のように思える。いま、今年の木曜日には、ミンディは相変わらずキッチンの隅に座り、家でおこなわれる作業の流れを静かに見守っているだけなのだ。

ある木曜日、坊やの姿がなかった。

「病気でね」ルイは避けようのない質問に答えた。

その翌週の木曜日にも、そのまた翌週の木曜日にも坊やは現れず、学校にも来ていないようだった。集団で校内を移動するときに第二グループの生徒といっしょにいる坊やをよく見ていた。ところがいまではその姿が見えなかった。

彼の不在は、マルゴリズ先生の回復と時を同じくした。ある土曜日の朝、父親はローブ姿で寝室から下りてきた。テルマは父親の向こう脛《すね》に四歳児のような抱きつき方をするのが好きだった。タリアは静かに立って、口を動かしていた。ミンディは父親の腕に自分の腕をくぐらせ、頭を心臓のところに押し当てた。その翌日、階段を下りてきた父親はスラックスをはき、セーターを着て、『伝説』を抱えていた。数日後、父親は夕食の席に加わった。食事のあと、セシリア叔母のクロスワード・パズルを手伝った。ようやく復活した。間もなく診療所の診察に戻れるだろう。

ルイは助手なしで仕事を続けた。

しかしある週、ミンディの父親のように、坊やは病人ではなくなった。月曜日に学校に戻ってきて、木曜日にまたマルゴリズの勝手口に父親といっしょに姿を見せた。雨が降っていた。ルイと少年が黄色い長めのレインコートを着ているのをミンディはキッチンから見ていた。ふたりは、自分たちのことを漁師みたいだと思ってるかしら。母親は注文をちょうど半分済ませた。坊やがトラックへ戻った。

「息子さんがよくなってよかったわ」とミンディの母親が言った。

沈黙。ルイは顔を上げた。それから沈んだ声で言った。「そうじゃない。よくなっていないんだ。もうよくなることはない」

それだけだった。母親はなにも言わなかった。なんですって、とも、それはお気の毒に、とも、医者だって間違えることはあります、とも、ああ、ルイ、とすら言わなかった。彼女は勝手口で野菜売りを見下ろして立ち尽くし、ルイは彼女を見上げたままで、まったく似ていないふたつの横顔が歪んだ花瓶を形作っていた。それからミンディの母親は背を向けた。ルイは出ていった。花瓶が消えた。

少女も外へ出た。雨はやんでいた。裏庭のまわりに霧が下りていた。坊やのレインコートが芝の上にきちんと畳まれていた。ミンディは、明るいトラックの、錯視をおこさせる通路へ入っていく不治の宣言をされた少年が、間もなく父親とともに黙ったまま、南瓜と林檎、メロン——鼻、頬、顎——を籠の中に入れていく様子を見つめた。類い稀な手際のよさで動いているふたりは、これからもこうして続けていくのだろう。できるあいだは。できなくなるまでは。

金曜日の夜、ミンディとタリアは、タリアのベッドに並んで座った。まるで筏《いかだ》から湖へと入っていくかのように足をぶらぶらさせて。並んではいたが、腰はくっついていなかった。ふたりのあいだには房飾りのついたベッドカバーが広がっていた。それでふたりはほっそりした上体を捻《ひね》るようにして横を向き合っていた。横顔は似ていなかった。タリアの鼻は長くて堂々としているが、ミンディの鼻はまっすぐで感じがよかった。ユダヤ人らしくない容貌のおかげで、ミンディは母親の架空のはしご段をさらに上へといけるかもしれない。ヤンキーのはしご段へ、その場所へ、ヤンキーの男の子の隣へ飛び移ることができるかもしれない。両親は苦しむだろうが、だからといって死刑を宣告するつもりはないだろう。「坊やは致死の病だって」ミンディが言った。

「それを言うなら不治の病よ」とタリアは言葉を訂正してから、「坊やって……？　ああ、あの野菜の子ね。なんの病気？」

「わからない」ミンディは盗み聞きした会話を伝えた。

「相当悪いわね」とタリアは言った。

「こわい」

「へえ、こわいの」

「だって……それがわたしたちだと思って」

「正確には、わたしたちだったらと思って、よ。あんたはいつも自分のことばかり考えてる」

　言葉を省略していて文法通りではなかったけれど、「それがわたしたちだと思う」というのは、他人の身になって考えるうえでの大事な一歩なのではないか、とミンディは思った。だって、「わたしたちが坊やだったら」という言葉にすぐに行き着くんだもの。激痛を経験し、真っ暗闇のなかにいることを想像してみて。痛みは、坊やにとってどんなものなのだろう。暗闇ってどんなものなのだろう。しかし、そう遠くにいるわけではないタリアに侮辱され、ふたりのあいだにあった親密な時間が一種の口げんかに変わったことがミンディにはわかった。「ごめん」とタリアが小声で言ったが、もう手遅れだ。ミンディは立ち上がると冷酷な姉を残して部屋を出た。

冷酷な姉？　タリアなら「意見の異なる姉」と言うだろう。タリアは坊やを野菜のような子だと思っていたが、もちろん人だとわかっていたし、医学校を卒業した後に自分が救うことになる大勢の患者と同じように、彼も救うに値する人だとわかっていた。もしかしたら将来、彼の治療薬を開発するのはわたしかもしれない。しかしいま坊やに必要なのは、神話的世界にある療法だ。病気王国の役人がわたしの父を健康王国へ移し、代わりに坊やを病気王国に入れたのだ。これは新しい魔法に違いない。もしかしたら、天国の魔法かもしれない。たぶんルイが、裾に石榴の刺繍のついた衣を坊やに買ってあげていたら、『伝説』に出てくる移り気で不当な要求をする神は、坊やを生かしていただろう。あるいは、ハンナが忠実に我が子サムエルを神に捧げたように、ベルの父親が知らず知らずのうちに娘を野獣に捧げたように、わたしの母が娘のひとりを生け贄に差し出せば、あの少年は救われるかもしれない。選ばれた娘――ミンディかな？――を坊やと結婚させれば、きっと婚礼の夜に坊やは蕪《かぶら》から王子さまに変わり、ミンディはお姫さまになるだろう。そうすればタリアはミンディから解放される。

土曜日の午後、ミンディとテルマはジン・ラミー（トランプゲーム）で遊んでいた。余計な口出しをしていた父親が昼寝をするために二階へ行った。ミンディが最新のニュースを伝えた。

「子どもっていうのは死なないの」テルマが反対の意見を述べた。「溺れることはあるけど、それだけ」

十二歳の子はなんと無邪気になれるものだろう。「子どもは病気でも死ぬのよ」

「本ではね。でもここでは違う。話はおしまい。はい、ジンよ（ジンは0点になるときに言う）」

負けたミンディがアーチの架けられた通路からダイニング・ルームへ入っていくと、ちょうど父親が階段を下りてきたところだった。テルマから見えていたのは、上品なアンゴラセーターのミンディの背中と、父親の正面の姿だった。なんて短いお昼寝。それで体が休まるものなの？　手が鉛筆を求めていた。頬のくぼみを描くには黒鉛の横側を使い、引き結んだ口の下の部分を描くときには綾目陰影を使った。マルゴリズ先生、回復したんですか。いいえ。マルゴリズ先生は痛みがないふりをしているんです。先生の回復期間はとても短いものだった。テルマは非情にもからかわれている気分だった。でも、父親に微笑みかけた。そして父親もなんとか微笑みを返した。それからリクライニング・チェアに腰を下ろした。テルマは、セシル叔母が古着屋で買ってくれた作業用のオーヴァーオールを着ている自分が、建設作業員そっくりに見えるのを知っていた。父親は女性らしい格好をしている女性を好む古いタイプの人なので、テルマはこんな格好でいるのが申し訳なかった。「すぐに戻ってくるね、パパ」とテルマは言って二階に駆け上がり、クローゼットに吊り下がっているプリーツスカートと、母親がアイロンをかけてくれた白いブラウスを身につけた。さて、これで素敵な身なりになった。タリアはこれを「女装」と呼んだ。テルマは女の子になりすましている男の子だった。彼女は急いで階下へ行き、父親の向こう脛のそばに座り、父親の膝に手を置くと、父親がその手を握った。彼女は父親の掌を自分の頬へもっていった。明日、オーヴァーオール姿に戻ったら、パパにプレゼントをあげるんだ。アルチンボルドみたいな肖像画で、野菜ではなくパパの診察鞄のなかにあるものでできている。包帯が髪、綿棒が鼻、マーキュロクロムが染みたコットンが顎鬚、そして目は肝油のカプセル。

葬儀は馴染みのない薄暗いシナゴーグでおこなわれた。漆喰の壁が震えていた。会葬者は皆、はしご段の低いところに属していた。ルイの奥さんに当たる人は一族のなかに見当たらなかった。ルイは縮んで皺だらけになり、顧みられない胡瓜のようだった。赤い鬚の導師はなんとかまともなことを言おうとしたがうまくいかなかった。ロウズはマルゴリズ家で働いていたカシー・メイの葬儀を思い出した。そのときの会葬者は全員が立ち上がり、むせび泣き、たくさんの黒い腕が揺れていた。どうしてここにいる恵まれないユダヤの人たちは感情を露わにしないでいられるのだろう。見苦しい愚か者になぜなれないのだろう。それができればどんなにか楽か。会葬者たちは勢いよく講壇まで行き、無能な神の代理人だという礼服を纏った者を殺したってかまわないのに。

ロウズはタリアの眼鏡の下から涙が伝い落ちていくのを見た。ミンディはすすり泣いている。テルマは無表情だ。まるで悲しみは後まわしにする、とでもいうように。マルゴリズ先生は家にいた。セシルは参加した。学校は休暇で閉まっていた。セシルはこの列のいちばん端の席に、地味なスーツを着て座っていた。サイズの合わない茶色のスーツと、色合いの違う茶色のひどいブラウス姿だ。見るからにむさ苦しいが、羨ましくもある。彼女が子どもを埋葬することは決してないだろう。子どもの死は、いちばん耐えられない悲しみである。タリアはそう言った。アリストテレスがそう言ってる、と。まるでだれかがわざわざそう言わなければならないみたいに。どの親もそのことをあらかじめ知ってなどいないかのように。その耐えられない悲しみはロウズにも降りかかってくるかもしれない。先のことはだれにもわからない。

でもこの娘たちの身には？　ロウズは唇を堅く結び、わびしい聖櫃《せいひつ》に目を据え、娘たちのために祈った。絶対に悲しみを与えないでください、と。でもそんな望みを叶えてくれる神なんている？　いやしない。それでロウズは実際的な言葉で祈った。三人とも、子ができませんように。

幸いなるハリー

Blessed Harry

三月の最初の月曜日、フラックスボーム氏のところに次のような電子メールが届いた。

マイロン・フラックスボーム殿

私はイギリスのロンドンにあるキングス・カレッジ・キャンパスのハリー・ウォレルと申します。私どもは貴殿に本キャンパスで開かれる本年度の「意外なセミナー」のゲスト・スピーカーとしておいでいただきたいのです。つきましてはご都合をお尋ねしたく存じます。詳細は以下のとおりです。ロンドン、ストランド通りのキングス・カレッジのキャンパス。予定する聴衆は八百五十人。講演時間は一時間。日時は、本年三月三十一日。テーマは「生と死の謎」。インターネットで貴殿の論文に偶然に接することができ、当方の基準を満たしていると判断いたしました。ご招待の正式な通知と契約書は、貴殿がこちらの招待を承諾してくだされればすぐにお送りいたします。ご旅行とご滞在の費用、講演料は私どもが負担いたします。

ご多幸を。

キングス・カレッジ・キャンパス　ハリー・ウォレル教授

フラックスボーム氏はこの文面をもう一度読んだ。二度目のときには眼鏡を外して精読した。「講演に招かれた」と彼は三人の息子に言った。三人とも登校するために急いでいたが、文面を見るために少しだけ動きを止めた。「すごい」「素晴らしい」「よかったね」と、三人それぞれが応じた。そして三人ともバックパックをつかんでアパートメントから出て行った。その姿を見るといつものようにフラックスの心はいささかざわついた。「すごいことだよ」とフェリックスが振り返ってさらに言ったので、短い鼻と青い目が見えたが、どちらもボニーから受け継いだものだ。妻のボニーはボストン病院の外科の看護師なので、すでに数時間前に出勤していた。しかし午後に帰宅したら、「意外なセミナー」はわたしのマイロンが参加すればずっと高尚なものになるわね、と請け合ってくれるだろう

（彼を名で呼んでくれるのはボニーだけで、実の妹すらフラックスと呼ぶ）。金髪のボニーは顎の張った顔をコンピュータのモニターに向け、『生と死の謎』というテーマについて再検討してから立ち上がるに違いない。大柄な女性で、ローマ時代の按察官《アエディリス》のように高圧的に見えるが、彼女が身につけているのはトーガとサンダルではなく、スラックスにセーターに丈夫な靴だ。「ダーリン、ラテン語で講演したっていいんじゃないの」

いまは、ボニーはおらず、息子たちも慌ただしく登校していき、家にいるのがフラックスボーム家の変わった鉢植えだけになったので、彼はいつもはしないことをやってみた。自分の名をネットで検索したのだ。

思っていたとおり、名前が出てきたのは一件だけだった。マサチューセッツ州ゴドルフィンのカルディコット・アカデミーという私立女子校のウェブサイトだ。その学校で彼は働いている。数年前に撮った写真では、フラックスの髪は後退してはいたが消失してはいなかった。上唇の上には華奢な口ひげがあった。肉付きのよい頬には、微笑むといまでは必ず現れるくっきりしたほうれい線がまだ刻まれていなかったし、眼鏡が優しい眼差しを隠していたが、話し合いに呼ばれただらしない生徒たちはその眼差しに出会うと、不意に、自分には価値があるような気がしてくるのだった。どんな価値があるのかはすぐに口をついて出てこなかったけれども。もしかしたら、フラックスと話し合いができるということが価値あることなのかもしれない。それで十分だった。大半の生徒がフラックスとの話し合いのあとで、ラテン語文法にそれまで以上にまじめに取り組むようになったり、絶対奪格になんらかの関心を見出したり、安直な参考書を手放したりもした。ある生徒は文字通り安直《あんちょこ》な本を体育館の裏でちょっとした儀式として燃やしさえした。彼の写真の下に説明がついている。「マイロン・フラックスボーム、ブルックリン・カレッジで文学士、コロンビア大学で修士号、ハーヴァード大学で教育修士号を取得。一年生、二年生、三年生のラテン語教師、チェス・クラブの指導者」。この簡単な紹介記事がストランド通りにあるキングス・カレッジの「意外なセミナー」の責任者の関心を引いたのは、電子的世界のおかげとしか言いようがない。しかし、講演するに値するどんな発見を私がしたというのだろう。さらに大きな疑問は、講演でいったいなにを話せばいいのかということだ。しばし考えねばならない（と彼は思った）。もしかしたら、生命の神秘についてなにか言えるかもしれない。ビッグ・バンとか、原始のスープ（生命の出現以前に地球上に存在していた海）のこと、バクテリアの発達、脳と眼と歩行力を持つ生物の誕生。ダーウィンとリンネとメンデルとドーキンスを読み直そう。聖書も復習しよう。代理人が必要になるかもしれない……。

それから、（彼にしては）乱暴に首を横に振ると、そんな厄介なことについて考えるのをやめた。ストランド通りのキングス・カレッジを検索し、実在していることを確かめたが、ハリー・ウォレルという人物の名前はどの学部にも、関連施設にもなかった。たぶんハリーは幸いなことに謙虚なのだ。フラックスは肩をすくめて擦り切れたオーバーコートに腕を通し、使い古した鞄を調べ、今日の授業に必要な本と資料が入っていることを確認した。コートの緩くなったボタンを引っ張ってみた。大丈夫だ、今日一日くらいはもつだろう。息子たちが誕生日にプレゼントしてくれたベレー帽——ツイードの帽子の改良品と息子たちが考えている装身具——をフックから取り、薄くなった頭を包むように被った。コンピュータ専用のテーブルに置いていた半分飲みかけのコーヒーを手に取ると、いつもの薄暗い隅へ持っていき、中身を鉢植えに空けたが、それは花柄《かへい》や包葉、花茎、葉などにはふさわしくないものだった。それから植物をカフェイン漬けにしたまま、彼はアパートメントを出た。

その植物がどこから来たのか、だれも覚えていなかった。光の射さない、植物にとっては劣悪な環境である居間の片隅に、茶色いビロードのようなソファの丸味を帯びた肘掛けに守られて、ずっとそこに置かれているように見えた。しかも鉢植えが載っている小さなテーブルの由来も忘れ去られていた。真ん中の息子レオが、その植物はソファのジャックが生んだのではないかと言いだした。そのソファには、一家と何年もいっしょに暮らしていたフラックスの愛する叔父の名前が付けられていた。ジャック叔父さんは下の息子フェリックスと共同で部屋を使っていたが、人の邪魔にならない人だった。叔父さんはたいていソファを占領していて、ときどき葉巻の灰をその植物に向けて跳ね飛ばしていた。「可愛いたかり屋だ」ジャック叔父さんは少々変わった褒め方をしてそう言った。

フェリックスは、植木屋が枯れかけた植物を年に一度大安売りするときに自分が持ち帰ってきたのではないかと思っていた。オウィディウスの『変身物語』の信奉者であるフラックスは、この植物はダフネのようなニンフが姿を変えたものだと空想しては楽しんでいた。オリュンポス近くの丘の月桂樹にはならず、この家の居間の鉢植えに醜い植物として根を張ったのだ。いまも脚とお尻がついていたらふしだらなことをしたかもしれない。修道女から古めかしい教育を受けたボニーは、この植物は幸運を司る家の神ラレースとペナテース（両方ともローマ神話に登場する家庭の守護神）だと思っていた。そうであってもおかしくないでしょう？　銀行口座に金がたくさんあって大理石のキッチンカウンターがあれば幸せだ、などと考えるほど愚かな人なら話は別だが、この一家はこれまでとても幸せに暮らしてきた。進行性かどうかわからない神経の病気を持っているレオですらも――レオは運が悪いというわけではなかったし、まだ、いまのところは進行せず、この先もずっと進行しないかもしれない――幸せだった。レオは、これは多肉植物かもしれない、と思っていた。

　植物が姿を見せた直後におこなわれた話し合いで、ボニーは鉄道の線路から運ばれてきた桜草の変種かもね、と言った。上の息子ショーンは、一巻本の『植物大百科事典』を持ってきて（そんな本が家にあることをだれも知らなかったので、ジャック叔父さんは「この植物みたいなものだな」と言った）、青白いから菌養（共生などにより養分を摂取する菌根植物の栄養摂取法）かもしれないね、と言った。「植物の根に棲み着く真菌の力を借りて土から養分を摂取している」のかもしれない。ショーンは大きな声で読んだ。葉が薔薇の花のように円形に広がっている特徴から、多肉植物のアナカンプセロス・テレフィアストラム・バリエガータの親戚にあたる。「『サンライズ』とも呼ばれている、って」

「テレフィアストラム」フラックスが言った。「ラテン語ではなく、ギリシア語だね。『遠くへ投げる」という意味かな。続けて、ショーン」

「アルサエニアと同じように、『葉の先端が伸び、上へ向かい、渦巻き状になる』」

「葉の一枚だけがそうなってる」レオが言った。「縞のある葉はみんな平らだ」

「土のすぐ上に塊根《コーデクス》があるのはそのせいかな」ショーンが言うと、本を閉じた。

「塊根って？」フェリックスが言った。

「手書きの古い原稿《コーデクス》のことだな」とジャック叔父さんが言った。

しばらくして、「主根だね（まっすぐに地中に伸びた太い根で、周囲に側根を出す）」とショーンが言った。

「うちの寄生植物にはいろんな特徴があるんだね」フェリックスが言った。「ほかのものより際立った特徴がある」

「相容れない特徴もあるね」レオが言った。

主根と思われる寄生植物が解剖されることはなかった（一家の人々はその植物を死なせたくなかったのだ）。薄いピンク色の小さな花を咲かせることもあった。ひげ状のものが出てきて、鉢の縁まで伸びてそのまま分解していくこともあった。たぶん異種なのだ。

「異種じゃない人っている？」とショーンは訊いた（生物は高校で受けられる大学レベルの授業だった）。その植物はだれの邪魔もせず、人のことなど気にかけなかった。何年か前に犬の収容施設から連れ帰ってきたテリアの仔犬とはだいぶ違っていた。犬のバディは車を追いかけるのが好きだった。でもそれはときどき現れる習癖に過ぎず、一家の人たちは、犬が大きくなれば治るだろうと思っていた。それ以外は申し分なく、とても愛情深い犬で、三人の少年とジャック叔父さんの名前を聞き分けられた。ジャック叔父さんからひそかにお菓子をもらっていた。計算に強いようだった。レオは、バディが数を数えられるようになるかもしれない、少なくとも賢馬ハンス（二十世紀初頭のドイツで有名になった馬で、人間の言葉がわかって計算もできるとされていた）のように数を数えるふりができると思った。しかし算数の訓練が始められることはなかった。ある霧深い朝に、いきなり興奮状態に陥ったバディは、カムリを追いかけて轢《ひ》かれてしまった。かわいそうなバディ……植物は生き残る。多忙なフラックスボーム家の人々のように。フラックスやボニー、ショーン、レオ、フェリックス、ジャック叔父さんの化身のように。

Ⅲ

その翌日の火曜の朝。「ハリー・ウォレル教授の招待状を印刷してほしいか？」フラックスはフェリックスに訊いた。

「いや、いいよ」フェリックスは言った。「返事は出したの?」

「まだだ」

「そうか。次の連絡が郵送で来たらそれをもらうよ」

フェリックスは筋の通った蒐集家で、なんでもかんでも集めるタイプではなかった。切手には目がなかったが、文書には関心がなかった。いちばん気に入っているのは変わったもの、たとえば美しいボタンや自転車のベル、製造中止になったけれどまた役に立つかもしれない回路基板などだった。奇妙で美しいものも好きだった。咳止めの小さな瓶のなかにわずかに残っている深紅の液体や、自身の虫垂。これは手際よく盲腸から外してホルマリンの瓶に保存してある。中古品店で思わず鎖付きの十字架を手に取ったのは、幼い頃に母方のライリー家のおばあちゃんとミサに参加したことを思い出したからだ。もしジャック叔父さんが死なずに、いまもあの部屋でいっしょに暮らしていたら、フェリックスは廃品漁りに夢中にならなかったかもしれない。ポケモンカードを集めることで満足していたかもしれない。叔父さんが死んでから何年もかけて、フェリックスは自分で棚を作り、ガラスの水槽を買い求め、廃品置き場で小さな金庫を見つけ、レオに手伝ってもらってその錠を修理した。十字架はその金庫にしまった。いまは水槽に金魚が棲んでいて、二匹いるときもあれば、三匹、四匹、五匹のときもある。フェリックスに理解することも推し測ることもできない金魚の運や、もっと大きな巡り合わせで変わっていくその数は、金魚にもわかっていなかった。金魚はフェリックスに優しく見守られながら変わらずに泳ぎ続けていた。彼は乾燥したコリアンダーに似た餌を与えた。そして父親に敬意を表して古代ローマ時代の詩人の名前をつけたが、ぷかりと浮かんでいる一匹を発見するたびにそれを引き上げ、その名前は次の金魚に引き継がれた。こうして彼は大勢のウェルギリウスとユウェナリスの守護者となってきた。父親のフラックスボーム氏は金魚の呼び名を気に入ってはいたが、このまとまった集団はそれにふさわしいリンネ式分類法に従って呼ばれるべきだと考えていた（生物学者カール・フォン・リンネが初めて金魚に学名を付けた）。それでフェリックスは小さなラベルを水槽に貼った。

「カラッシウス・アウラトゥス・アウラトゥス」

　フェリックスはバスケットボールとサッカーをしたが、いちばん好きな時間の過ごし方は、足下を見ながら散策することで、気になった落葉やみみずの糞を見るために足を止め、それを拾い上げたり、顔の近くまで持ち上げたりすることもあった。彼はだれが見てもアイルランド系だとわかる顔立ちをしていた。フラックスボーム家にはアイルランド系の顔は現れなかったが、ボニーのライリー家ではよくある顔立ちだった。フェリックスがとりわけ愛しているのは、両親の寝室の窓の、暴風雨に耐えられる二重ガラスに閉じ込められている虫の死骸だった。両親の寝室は居間の隣にあった。

「出してやれないかな」とフェリックスが訊いたことがあった。「どうやってあそこに入ったんだろう」

「カミキリムシの成虫だ」調べたあとでフラックスが言った。「おそらく、ガラス工場で、作業員が二枚のガラスを組み立てるときに、吹き飛ばされてきた蛹《さなぎ》がそのあいだに入り込んだのだと思うよ。防寒のために二重ガラスの窓にしたんだよ、フェリックス、割らないとガラスは分けられない。でもなんのために割る？　ありふれた虫の死骸を取り出すためにかい？　きみがこの虫を展示棚に加えたいと思うのはわかるけれどね。この部屋を出張展示室だと思ってくれたらいい」

「ありがとう。どうしてあいつは死んだの？」

「酸素欠乏だ。どのみち、われわれはみな酸素欠乏で死ぬんだよ。ジャック叔父さんだって……」

「叔父さんは血液の病気だった」

「そうだ。しまいには血液が酸素を心臓に送り込めなくなって死んだんだ」

「そういうことか。あの虫は分解しなかったんだね」フェリックスが言った。父親は、息子が土の中で分解されている叔父のことを考えているのかもしれないと思った。そして落ち着いた表情で息子の目を見つめた。もし誠実さに色があったらきっとこんな……。「酸素欠乏のことだが」父親は説明した。「あれはたまたま真空状態だから保存されているんだ」

毎朝、フェリックスは金庫を開けて十字架をひとつ取り出した。それからそれを元に戻し、植物に金魚の餌をやり、カミキリムシを素早く一瞥《いちべつ》し、すでに復活が叶ったかどうか確認した。

Ⅳ

水曜日には、レオの最初の授業は十時に始まる。ゴドルフィンの革新的な高校は、授業に出席することを義務づけているが、それ以外の時間は自由に過ごしてよかった。水曜日、フラックスには受け持つ授業がなかった。それで八時になってもふたりは家にいたが、それぞれ別々に過ごした。この水曜日、イギリスではすでに午後になっていて、ハリー・ウォレル教授がおそらくひとりでパブのブース席に座り、空になったビール・ジョッキが並んでいくテーブルで、高名なアメリカ人たちにノートパソコンでメッセージを送っているのだろう。

そんな恵まれた教授のことを考えながら、フラックスはパンケーキにシロップにベーコンという命とりの朝食を楽しみ、レオは生涯愛するシリアルのミューズリーを食べ、紅茶を飲み、色鮮やかなカプセルを何錠か飲んだ。このふたりはよく似ている。くたっとした茶色の髪、もっとも息子は量がたっぷりあり、父親はまばらだ。優しい声、ゆっくり浮かぶ笑み、人に教える才能、教えることへの愛情。十六歳のレオはすでに九年生の対数の時間に教師の補助をしているが、とても控え目な態度なので同級生が気分を害することはなかった。午後遅くには地元の小学校へ赴き、「知的障害がある」と言われる子どもたちを教えている。レオはその言い方が大嫌いだった。障害があるのは数学それ自体だ。数字の扱い方がよくなかった。数字を物に喩えているのだ。そのせいで愛しい子どもたちは混乱し、数を数えることしかできなくなっている。子どもたちは、いち、に、さん、という言葉を使って数を数えるのが得意だ。大きな数も大好きだ。しかし数字の形が子どもたちの目を塞いでしまう。それに、数字の形を物に喩えることを思いついたのは残虐嗜好の教師に決まっている。3は手錠、5はフック、7は斧だなどと。4にいたっては残酷な干し草用の熊手だ……。「ぼくは数字の形を憎むようになったよ」とレオは言った。

ふたりは皿を洗った。レオは植物に何もやらなかったが、そばまで行って見下ろした。「バディは本当に数を数えることができたんだと思うよ」と呟いた。レオがまだ数字について考えてることが、父親にはわかった。あの多肉植物には神秘的な力があるのだろうか。レオが俯いているのを見てフラックスは、不格好な数字たちが鉢植えのなかに転げ落ちていく様子を思い描いた。さよなら、2よ、5よ、17よ。さよなら、9よ、首吊りの縄よ。

それからレオはバックパックを拾い上げた。父と息子はそれぞれの自転車に乗ってガレージから出ていった。フラックスのベレー帽はヘルメットの下で平らになって額にくっついた。オーバー姿でヘルメットを被って自転車に乗っても品がある、と息子は父親を見て思った。もっとも、オーバーのボタンが一個、なくなっているようだ。フラックスは息子の痩せた体つきに気づき、ぞっとした。ある日、休眠状態のレオの病気がいきなり結節を組織へ送り出し、息子を木へと変えてしまうかもしれない。ふたりは自転車に乗り、フラックスが先頭にたってだれもいない通りへ出ていき、通りではふたりで並んで走ったが、ふたつ目の交差点にさしかかると、レオは手を振って学校へ向かい、フラックスは腕を上げてそれに応え、まっすぐに進んでこの日の仕事、ダクティルで靴を売る仕事へ向かった。

V

ボニーの日々は義務を果たすことに費やされていたが、それでも毎週水曜の一時間だけは愛する夫を気にかけるために使うことにしていた。仕事が終わるといつものように病院から地下鉄中央駅へ向かい、フラックスボームの家（しっかりした三階建ての木造のアパートメントで、そこで暮らすたいていの家庭は結束が固い）のある地区へ行く電車には乗らず、ゴドルフィンの商業地区ジェファーソン・コーナーへ行く電車に乗った。マイロンが水曜と土曜の午後に働いているダクティルは、歴史的建造物に登録された一角にあり、アンティーク・ショップの「忘れな草」やロベルタのリネン店、ダントンの煙草店、レストランの「ローカル」があった。煉瓦の列柱《コロネード》の下に店が並び、それぞれの店には隣の店へ通じるドアがあった。歴史家たちは、この全体の配置が地下鉄道の一部だったのではないかと考えていた。「忘れな草」とダクティルのあいだのドアには正方形のガラス窓がついていた。三時になるとボニーは、「忘れな草」に預けておいた山高帽を被り、縁なしの度の入っていない眼鏡をかけ、店の所有者のレナータと頷き合ってから窓のそばの位置についた。レナータがここに店を出してから何年も経つが、誠実な夫をこっそり見つめ続ける妻以上に風変わりなものをたくさん見てきた。

ボニーのこの変わった習慣が始まったのは、七月のある土曜日のことだった。通りの向かいの書店から本をたくさん抱えて出てくると、ダクティルのなかにいるマイロンがちらりと見えた。急いで通りを渡り、一本の円柱の陰に身を隠して覗いた。そこから彼の姿がよく見えた。彼は両手を後ろに回して立っていた。下を見ているように顎をわずかに引いていたが、鼻の先端に眼鏡がかかっているので、眼鏡の縁越しに上目使いで前方を見ていることがわかった。ボニーはしばらく見つめていた。それから物理学と生理学の規則をねじ曲げながら、彼のなかへ入っていった。彼の肋骨のあいだに潜り込んだ。自分の実体を彼の末梢へと押し広げていった。彼の知識の切れ端が、いまやふたりで共有された前頭皮質にぎっしり詰まっている。彼が新たに興味を抱くと四つの視神経がそれに応じる。彼ががっかりすると四つの肩が落ちる。ボニーは、彼が一家の暮らし向きをよりよくするために靴を売っていることに羞恥心を抱いているのを知っていたし、アルバイトという行為に敬意を払っているにもかかわらず羞恥心を抱いていることに対して、さらに羞恥心を抱いていることも知っていた。それで、水曜日に彼を見ているときにはいつでも——見ているだけで、最初に融合したあとは彼のなかに入ることはできなかったものの——この父親であり兄であり夫であり従兄であり教師であり保護者である靴のセールスマンが、植物好きでオウィディウス好きの人物が何を感じているか、手に取るようにわかるようになった。

そういうわけで経験豊富な有能な女性、外科医全員のお気に入りの看護師、冷静さがマスクと白衣をつけているような人物、いつでも次に必要とする器具の準備をし、常に思いやりを忘れず、ものに動じない鑑《かがみ》のようなボニーは、水曜日毎に自分の弱い心に負けて、「忘れな草」の窓から夫の様子を覗き、彼の自信と落胆と羞恥と服従の様子をその目に収め、ボルドー・ワインの色そのものの、階段の高さとまったく同じ高さのヒールのパンプスを求めている女性の前に騎士のように——召使いのようにはとても見えないわ、マイロン！——跪《ひざまず》いているのを目に焼き付けた。だめだめ、違うわ、もっと高いのがいいの。もっと低いのよ。もっと赤いの。それじゃ赤すぎる。リボンがついているのがいいって言ったでしょ、バックルがあって、足の甲に金色のカメレオンがよじ登っているやつよ。両生類にはぞっとする……。

「爬虫類ですね」フラックスは訂正した。

その女性はその靴を買った。

「唇の動きでわかるの？」とレナータが訪ねた。

「そうでもない」とボニーは答えた。「相手の身になってみるの」

「それこそが意思疎通の秘訣ね」

「そうね」家族関係をよくする秘訣でもあったが、ボニーは親切な未婚の女性にそのことは言わなかった。すべての共生生物は互いに相手の身になって生きている。共生生物とは、いっしょに食事をするという意味だ。ボニーは食事の時間が好きだった。自分とマイロンが稼いだ金で買った食材を使い、だれかに手伝ってもらいながら料理を作る。夜の食卓での会話はさまざまな情報に満ちている。いつも正確というわけではないし、言葉を間違って引用してしまうことも多々あるけれど。息子たちのマナーも完璧ではないけれど、立派なものだ。ダイニングルームの鏡は素直に家族全員の姿を映し出した。ボニーの太った体やマイロンの薄い頭、ショーンとレオの愛さずにはいられない顔、フェリックスの愛しい後頭部を。もっともフェリックスはよく顔を動かして、右の横顔を見せたかと思うと左の横顔を見せた。「塩を取ってください」彼はよく父親に言う（テーブルに塩を置くのをやめたくなるほどだ）。するとマイロンが塩を手渡す。マイロンは彼女が二十年前に、文字通り、踏んづけてしまった相手だった。

そのときマイロンは外科の待合室で、力なく椅子に腰掛けていた。気の毒な病気の父親は手術中に亡くなり、それはやむを得ないことだったのだが、悲しい結果を伝えるために戻って来たボニーは、前へ長く投げ出されていた彼の脚に躓《つまず》いてしまったのだ。横の椅子で小柄な女性が眠っていた。後に妹だとわかった。午前三時のことだった。

「ああ、ごめんなさい」とボニーは脚に向かって言った。

マイロンの目がゆっくり開いた。口も開いた。彼は彼女に尋ねたかった。実は彼に伝えるのは彼女の任ではなかった。しかし彼女は慣習を破って、仕草を添えて伝えた。彼の肩に手を置き、それから身を翻した。彼の隣の女性が体を動かした。

後になってマイロンは彼女を探し出し、彼女の看護に礼を述べた。「父はよい人生を送りました」と弱々しい声で言った。

「そして、穏やかなご臨終でした」と彼女はまたもや慣習を破った。

マイロンはひと月後にボニーに電話をし、それから何カ月か経って結婚した。

そしていま、フラックスボームは五人になり、毎晩長方形の銀色のガラスに動いている姿が映し出され、その集団ポートレイトには、隣室のソファがある隅も映っている。このポートレイトは、最後のひとりが個体の絶滅という生理的必然を経験するときに、つまり五人の最後のひとりの最後に残された記憶が消えるときに、消えてなくなるのだ。そしてフラックスボームの二世代は歴史から消えていく。彼らが与えたものや信頼や自己否定や不満や感謝といったものも同時に消える。生と死？　ボニーの意見では、もちろん苦しみを伴うが、生と死は偶然の賜《たまもの》だ。大事なのは、死が生かしてくれているあいだに何をしているか。そして生に見放されたとき死とどう向き合うかということだ。長くて短い生のあいだに。彼女の尊敬すべき伴侶は、過剰に教育を施されている八百五十人のイギリス人たちに講演することができるのだ。身を以て。

Ⅵ

木曜日の夜遅く（正確には金曜日の午前四時）、パジャマ姿のフラックスがキッチンにいると、下着姿のショーンに出くわした。こういうことはたまにあった。

「明日はなんのテスト？」フラックスは知っていたが、そう尋ねた。

「進化。生命の起源が出るはずなんだ。生命は偶然の賜だと答えるつもり。四百万年前の熱水の穴で有機体の分子が思いがけない集中状態になったのは偶然によるものだ、って。それから、その論を展開するつもり」

ショーンがAを取ることがフラックスにはわかっていた。ショーンはいつもAを取る。ふたりは向かい合って座り、フラックスは温めた牛乳を飲んだが、ショーンは赤い液体の入ったグラスに口をつけないままだった。父親が言った。「そうだ、生命はそうやって始まった。われわれはすでに全員そこにいたんだ。その分子の集まりは千年をかけて漂流しつづけて、われわれの一部になった。その穴は、実際に海の中にまだある。そばに巨大な棲管虫が生きている」

「その話、ロンドンの講演でするつもり?」

「ことによるとね。きみは物理学者になりたいのかな?」

「ぼく……いや。詩人になりたいと思ってる」

「そうだと思ってた。叙事詩を書くの?」

「いやそうじゃないんだ。凝縮した短い抒情詩が書きたい。『心ならずも天にも昇る心地だ』（北アイルランドの詩人シェイマス・ヒーニーの詩）」

「『諷刺の美』（アメリカの詩人ウォーレス・スティーヴンズの詩の一節）」フラックスが述べた。「フェリックスは洗礼を受けて聖職者になるだろうね」と予言した。

「『罪、正義、善良でありたい』わがフェリックス」

フラックスは咳払いをした。「詩人もお腹は空くそうだ」

「物理学を昼間の仕事にするよ」ショーンはにっこりした。尊大さが和らいだ。

「Medio tutissimus ibis《メディオー・トゥーティッシムス・イービス》」と父親が言った。

「『真ん中の道を行くのがもっとも安全である』（オウィディウス『変身物語』より、太陽神が息子に太陽の馬車を操縦するうえで忠告した言葉）」息子は翻訳した。本当に覚えていた。三人の息子ともオウィディウスを知っていた。「うん、そうする」

ショーンの真っ黒な瞳はフラックスの父親から受け継いだものだ。その父親は手術台に拘束されているとき、ボニーをフラックスのもとに遣わした。息子の虹彩は瞳孔とほとんど見分けがつかない。黒、焦げ茶、この世界のあらゆる色を混ぜ合わせて蒸留したような色。決意に、もし色がついていたらきっと……。

「ショーンよ、わが子よ。きみときみのお母さんと私の三人家族だったときのことを、私はよく覚えているよ。ジャックはまだどこかで生計を立てていた。この冷蔵庫にきみの保育園の絵がたくさん貼られていたことを覚えているよ。きみのちっちゃな手が生まれたばかりのレオの頬にそっと触れたときのこと、シルクがシルクに触れているような感じを覚えている。たくさんのことを覚えているよ。夜が明けるまでここでこうしてきみといられたらどんなにいいか、愛するわが子よ。でももう私は眠らなければならない」そしてフラックスは手を差し伸べると、テーブルの向こうにいる初子の息子の頬を毛のはえた手の甲で撫でた。「きみが飲もうとしないその液体はいったいなんなんだ?」

「マウスウォッシュ。試験の前の夜にいちばん飲みたくないやつ」

「飲むなよ。体に毒だ」

「いつも吐きだしてる」ショーンは立ち上がり、液体を口に入れ、くちゅくちゅ口のなかで動かし、液体を口に入れたままダイニングルームを通り抜け、居間へ入っていき、ソファのジャックに片手を添えると、植物にピンク色の液体を与えた。生き物はいつものように、その茎を彼のほうへ伸ばした。

Ⅶ

金曜日の夜、フラックスボーム家の人々は通りを南へ行ったところにあるバー・アンド・グリルで、漫然とテレビを眺めながら、あれこれ話していた。その金曜日にフラックスはベレー帽を被り、ボニーは山高帽をお披露目した。子どもたちの叔母にあたるジャン・フラックスボームとその店で落ち合うことになっていた。フラックスの妹はとても小柄で歯並びの悪い、売れっ子歯科医だった。

「今日、ストランド通りのキングス・カレッジを検索したんだよ」フラックスが家族に向かって話した。「もっと穏便な話題で、もっと時間をかけて準備したいと言おうと思ってね。そのサイトに、四角く囲まれた注意書きがあった。『我が校の名をかたって招待状を送っている人物がいますので、どうぞご注意ください。その招待状の住所の終わりにkc. ukの文字がなければ、それは詐欺です』とね。それで、月曜日に届いた招待状のメール・アドレスの後に確かにバナーがあった。だが、指摘された文字はなかった」

「数字も書いてあった」レオが思い出して言った。

「uはなかったね」ショーンが言った。

「cも」フェリックスが悲しげな声で言った。「消えてしまったのかも」彼が大切にしているカミキリムシはようやく形が崩れ始めていた。間もなく姿は消えてなくなるだろう。

「kもなかった」フラックスが言った。

「クソなキングス・カレッジめ」ボニーが結論を下すように言った。あるいは、三人の息子の耳にそのように聞こえただけなのかもしれない。「ねえねえ、いったいなんの話をしてるの?」とジャンが言った。

レオがジャンに説明しているあいだ、ボニーは、半信半疑だったかもしれないが、夢が壊れていくのに耐えているマイロンの姿を思い描いていた。マイロン以外の家族全員が最初から訝《いぶか》しく思っていた詐欺の臭いに——その直感が間違いであってくれ、と願ってもいた——あるときからマイロンも気づいていたのかもしれない。彼がコンピュータのそばに俯いて立ち、鼻の先端まで眼鏡を下ろして「削除」のキイにずんぐりした指を押し当てているのをボニーは目にした。

「でも、フラックスが引き受けたら、学校側もありがたく思ったでしょうに」とジャンがどう見ても的外れな発言を意に介さずに述べた。「あなたのコートの第一ボタンだけど、フラックス。大きくて真っ黒なベルベットみたいなものが付いてるのね。なにかの賞でももらったの?」

「フェリックスの蒐集品のボタンだ。レオが縫い付けてくれた」

「大伯母のハンナのだわ」ジャンがそのボタンの所在を思い出して言った。「藤色のビロードの帽子についていた」

「そうだった！」フラックスが言った。「ハンナ伯母さんのところには、素晴らしい帽子を並べた棚があったね」。それで会話は「意外なセミナー」と「生と死の謎」から離れ、家族の歴史の愉快な話題へと入っていった。

Ⅷ

土曜日の朝、フランネルのローブをだらりと着たボニーが忍び足で居間に入ってきた。わざわざ寝室のドアを閉めることはしなかった。ポケットから茶色の瓶を取り出した。プロテウス・ブルガリス（変形菌）の根、桜草の変種から抽出したものが入っていた。この液体はチェコの食品ソルタンで、気管支喘息と急性気管支炎に用いる秘薬だ。彼女はそのソルタンを植物に注ぎ、同種療法をほどこした。「あなたから作られた薬を服用しなさいな」。プラハにいる従兄がライリー家のために手に入れてくれたものだ。化学者の従兄はシジコフ・テレビ塔（プラハでもっとも高い建物）からそう遠くないところに店を出していた。アイルランド人はユダヤ人と同じく、いたるところにいる。フラックスはこの言葉を書き留めたことがある。半分ほど閉じられたドアで隠れていたが、フラックスはボニーが植物に投薬している姿をちょくちょく見ていた。今朝はベッドからその姿を眺めていた。「愛してる」彼は妻に向かって囁いたが、妻の耳にはこの独創性に欠ける最高の告白が届かなかった。ところが、その言葉はフラックスボーム家の変形菌のところには届いていた。その菌は、渦を巻いた葉のなかに原始的な鼓膜を創り出しているところなのかもしれない。リンネやダーウィン、ドーキンスには考え出せなかったことを知っているのだ。そしてこの植物は、この一家の人々と同じように、秘密を持つ権利があった。フラックスは、この植物はどんなものになるように運命づけられているのかまったくわからない、と折に触れて思った。しかし、それよりもっと不思議に思っているのは、この有機体は何を糧にして生きているのか、ということだ。コリアンダー、マウスウォッシュ、凶器の数字、コーヒー、中部ヨーロッパの機能性食品、ジャック叔父さんの最後の葉巻の灰、そのどれなのだろう。これこそが謎ではありませんか、幸いなるハリーよ。

訳者あとがき

イーディス・パールマンは一九三六年六月二十六日にロードアイランド州プロヴィデンスで生まれた。父親はロシア生まれの医師、母親はポーランド系アメリカ人で読書家だった。ラドクリフ女子大学（現在はハーヴァード大学と合併）では文学を学び、創作クラスを履修したが、一九五七年に卒業するとＩＢＭのコンピュータ・プログラマーになった。十年間勤務した後の一九六七年、精神科医のチェスター・パールマンと結婚。マサチューセッツ州ブルックラインで夫と暮らしている。無料食堂で働いたり、ブルックリンのタウン・ミーティングに参加したりもした。成人した子どもがふたり、孫息子がひとりいる。数年前に癌を患い、闘病した。作家のホームページによれば、趣味は読書、散策、縁結びとのこと。

これまでに発表した短篇集は以下の通り。

・*Vaquita* (1996 the University of Pittsburgh Press) ドゥルー・ハインツ文学賞受賞
・*Love Among The Greats* (2002 Eastern Washington University Press) スポーカン・アニュアル短篇文学賞受賞
・*How To Fall* (2005　Sarabande Press) メアリー・マッカーシー短篇文学賞受賞
・*Binocular Vision: New and Selected Stories* (2011 Lookout Books)『双眼鏡からの眺め』(二〇一三、早川書房) 全米批評家協会賞受賞、ほか多数の賞を受賞。
・*Honeydew* (2015 John Murray)『蜜のように甘く』(二〇二〇、亜紀書房)

五冊目の短篇集にあたる *Honeydew* には二十篇が収録されている。そのうちの十篇を選んで昨年出版したのが『蜜のように甘く』と題した作品集で、残りの十篇を訳してまとめたのが本書『幸いなるハリー』である。諸事情から分冊という形になったが、これで *Honeydew* のすべての作品を翻訳できて、訳者として心から安堵している。

多くの批評家や作家がこの短篇集に寄せた惜しみない賛辞や書評については、『蜜のように甘く』のあとがきで紹介したので、そちらを参考にしていただければ幸いである。全米批評家協会賞を受賞した第四短篇集『双眼鏡からの眺め』には、三十四篇の作品が収録されているが、そこから窺える底知れない表現力は、*Honeydew* においてさらに磨きがかかっている。訳しながら唸ること数知れず、であった。

翻訳を終えたいま、イーディス・パールマンの描く世界の独特の美しさに改めて感じ入っている。短くて簡潔な話のように見えて、その世界は広く大きく、そして深い。登場する人物たちに奥行きがある。まるで「坊や」で描かれる野菜売りルイのトラックの荷台のように、どこまでも続いているように見える。ときには目眩を覚えるほどに。

一言一句に深い意味が込められているその文章は、ちょっとでも気を抜くとそれに気づかないまま通り過ぎてしまいかねない。句読点のひとつ、形容詞の意味のひとつも疎《おろそ》かにできない。かといって、訳しすぎてしまうと、仄《ほの》かさや幽《かそけ》さがたちまち消えてしまうのだ。

しかも描かれている事柄の背後には、さまざまなもの、たとえば人間関係や強い感情、過去の出来事などが巧妙に隠されている。それを掘りだそうとして、表面をなぞったり引っ掻いたりしてみても、隠れているものがすんなり姿を現すことはない。しかし、その中へ入る扉の鍵を見つけだせたなら、思いがけなく彩り豊かな世界が広がっているのだ。

『双眼鏡からの眺め』の表題作では、何気ない隣人の日常を興味半分に双眼鏡で見ていた少女が、あることをきっかけにしてすべての意味が変わっていく瞬間を目の当たりにした驚きが描かれるが、それを描く作家の技の巧みさにはため息をつくばかりだ。本書にもそのような作品が収められている。

たとえば、「フィッシュウォーター」の語り手は、パールマンの作品には珍しく若い男性だ。赤ん坊のころに両親が自動車事故で亡くなったために、作家である伯母に引き取られて育てられ、その後は伯母の助手をしている。その名がランスロットだと打ち明けられた瞬間、物語の秘密の扉を開ける鍵が渡される。アーサー王伝説で円卓の騎士のひとりであるランスロットは、両親を早くに亡くし、湖の乙女ヴィヴィアンに育てられる。それに気づくと、伯母の描く「ブリトン人の歴史」がどのような意味を持つか、なぜ湖畔の家を購入するのかが腑に落ちる。さらにはアーサー王の妃とランスロットの「ままならぬ愛」を下敷きにした関係や、「フィッシュウォーター」というタイトルの意味にまで考えが及んでいく。

また、「坊や」に登場する「錯視」も大きな鍵のひとつだ。アルチンボルドの野菜でできた顔のように、目だと思っていたものが実は玉葱だったり莢豌豆《さやえんどう》だったりする。うまく隠されているはずの悲しみや慕情、死への恐怖や未来への不安などが、繊細な三姉妹の視点から描かれてゆく。そして人は必ず死ぬという事実を、人々はいろいろな手段で覆い隠していることにも気づかされる。

パールマンはこれまでに老いと死をさまざまな角度から描いてきた。なかでももっとも心を揺さぶられる作品は、『双眼鏡からの眺め』に収録されている「自恃」だが、『蜜のように甘く』では「石」が、本書のなかでは「介護生活」がその問題を扱っている。主人公の友人は老化についてこう述べる。「最初の足の踏み外し、最初の足の捻挫。これが、つまり終わりの始まりってわけ。そのあと回復しているように見えても、実は衰弱していってるの。ベッドで休むのは棺に横たわるための準備ね。再び災難に見舞われ、さらにまた災難がやってくる」。その言葉どおりに、登場人物のひとりの健康は損なわれていき、身辺を整理する暇《いとま》すらなくなる。

病を抱えた家族も、パールマンの作品の大きなテーマである。『双眼鏡からの眺め』には、病気の子を見守る一家の話や、安楽死の問題を扱ったもの、不治の病にかかった父親が残していく家族を見つめる作品もある。『蜜のように甘く』では「お城四号」が、本書では「坊や」がそれに当たるが、実は「幸福の子孫」や「幸いなるハリー」も物語の後ろには病と死が見え隠れしている。

「幸いなるハリー」は五人家族の物語だ。オウィディウス好きな父親と、医師から信頼されている看護師の母親、そして十代の三人の息子は、それぞれの事情を抱えて現在という時間を生きている。父親がロンドンの大学から講演の依頼を受けたことをきっかけに、家族のあり方が次第に明らかにされ、『変身物語』をキイワードに、生きることの不思議さ、尊さが描かれていく。

パールマンの作品には、あらゆる世代の人々が登場する。「金の白鳥」は社会人になったばかりの女性ふたりの話であり、「静観」は十代の少年の話だ。いろいろな問題を扱いながらも、パールマンの筆致はあくまで冷静で、その世界にほの明るい光が射し込まれる。人が生きている場に必ず投げかけられる一条の光だ。たとえば「金の白鳥」でベラが最後に目にする船底の光景。「救済」の雨上がりの光景、「斧が忘れても木は忘れない」に登場するミナータの、迎合しない強い意志。

描かれる色彩の美しさもパールマン作品の特徴である。「金の白鳥」のビュッフェの鮮やかな色や空の色、「静観」のライルの見るきらびやかな世界、「行き止まり」で女性が首に巻いている美しいスカーフ、「花束」ではモノクロームのなかに入り込んでくる鮮烈な色の花々、「フィッシュウォーター」の湖畔の森の変化する様子など、物語の内容と色調とが響き合っているかのようだ。

テーマが不意に現れてくるのも特徴のひとつだ。秘密を含んだあぶくのように主題が浮かび上がってくる。その一瞬を見逃さないように目を瞠《みは》り、神経を研ぎ澄ます。鍵を開けていく喜びがそこにはある。

「American Scholar」誌にパールマンは「短篇作家の自由」（二〇一三年十一月）と題するエッセイを書いているので、印象的な文章を抜粋しておく。

「短篇の結末では、縺《もつ》れた糸を撚《よ》り合わせるという長篇に必要なことをしなくてもいいのです。得体の知れなさこそが、短篇小説の持ち味です」

「短篇作家は、チェーホフのような短い事件を書いてもいいし、アップダイクのような人生の断片を描いてもいいし、グレース・ペイリーのようにニューヨークの公園での午後のひとときを語るだけでもいいのです。語られないことをそれとなく示すために短篇小説はあるわけですから、作家がすべきことは手がかりをそっと差し出すことなのです」

「わたしたち短篇作家は、読者がそうした手がかりに気づいてくれるものと思って書いています。もちろん、気づかない人もいるでしょうし、そうしたことを嫌う人もいるでしょう。けれども、それに気づいたわずかな人たちが、愛読者となってくれたのです」

今後もイーディス・パールマンには短篇作家としてまだまだ書き続けてほしいし、珠のような作品を生み出していってほしい。そしてこれからも機会があれば、パールマンの未訳の短篇（単行本として発表された作品のなかで未訳の二十六篇と、単行本未収録の作品）を訳していきたいと思っている。

本書収録作品の初出は次のとおり。

「介護生活」*Ascent* 2007
「救済」*Ascent* 1998
「フィッシュウォーター」*Ploughshares* Fall, 2014
「金の白鳥」*Alaska Quartaly Review* Fall/Winter, 2007
「行き止まり」*Agni*, 2007
「斧が忘れても木は忘れない」*Ecotone* #14, 2012

「静観」*American Scholar* Winter 2013,（*xo Orpheus* 2013に収録）
「花束」*Cincinnati Review* Summer 2010
「坊や」*Fifth Wednesday* no.14, 2014
「幸いなるハリー」*Harvard Review* 2013

「静観（Wait and See）」は、五十人の書き手がさまざまな神話や伝説に材を取って独自の解釈をおこなったアンソロジー *xo Orpheus* に掲載されたとき、「Human Pentachromats（人の五色型色覚）」という題だった。そこでは第七章まであったが、本書掲載時に第七章がまるごと削除された。また、西洋の神話を扱った作家が多いなか、パールマンだけがアフリカのトリック・スターのアナンシ伝説から想を得ている。

最後に、本書の刊行に際して骨を折ってくださった亜紀書房の内藤寛さん、推薦文を寄せてくださった松家仁之さん、豊崎由美さん、倉本さおりさん、前回と同じく素敵な装幀で飾ってくださった鳴田小夜子さん、細かなチェックをしてくださった大野陽子さんに心から御礼を申し上げる。どうもありがとうございました。

そしてなにより、この短篇集の刊行を心待ちにしてくださったパールマンの愛読者のみなさん、ようやくこうして形になりました。ご支援ありがとうございました。

二〇二一年六月六日

古屋美登里

イーディス・パールマン Edith Pearlman

1936年にロードアイランド州プロヴィデンスで生まれた。父親はロシア生まれの医師、母親はポーランド系アメリカ人で読書家だった。ラドクリフ女子大学では文学を学び、創作クラスを履修したが、1957年に卒業後、IBMのコンピュータ・プログラマーに。1967年に精神科医のチェスター・パールマンと結婚。マサチューセッツ州ブルックライン在住。成人した子どもがふたり、孫息子がひとりいる。

これまでに発表した短篇集は*Vaquita*（1996）、*Love Among The Greats*（2002）、*How To Fall*（2005）、*Binocular Vision*（2011。邦訳『双眼鏡からの眺め』早川書房、2013）、*Honeydew*（2015）の5作。本書は、*Honeydew*のうち、『蜜のように甘く』（亜紀書房、2020）に未収録の10篇を訳出した日本オリジナル版。

古屋美登里（ふるやみどり）

翻訳家。神奈川県平塚生まれ。早稲田大学卒。

著書に、『雑な読書』『楽な読書』（シンコーミュージック）。訳書に、イーディス・パールマン『双眼鏡からの眺め』、M・L・ステッドマン『海を照らす光』（以上、早川書房）、エドワード・ケアリー『飢渇の人　エドワード・ケアリー短篇集』、『おちび』、〈アイアマンガー三部作〉『堆塵館』『穢れの町』『肺都』（以上、東京創元社）、デイヴィッド・マイケリス『スヌーピーの父 チャールズ・シュルツ伝』、カール・ホフマン『人喰い ロックフェラー失踪事件』、デイヴィッド・フィンケル『帰還兵はなぜ自殺するのか』『兵士は戦場で何を見たのか』（以上、亜紀書房）、ジョディ・カンター他『その名を暴け』（新潮社）、ダニエル・タメット『ぼくには数字が風景に見える』（講談社文庫）など多数。

幸《さいわ》いなるハリー

2021年7月27日　初版第1刷発行

著者　イーディス・パールマン
訳者　古屋美登里
発行者　株式会社亜紀書房
〒101-0051 東京都千代田区神田神保町1-32
電話(03)5280-0261
振替00100-9-144037
https://www.akishobo.com

装丁　鳴田小夜子(坂川事務所)
装画　牛尾 篤
DTP　コトモモ社
印刷・製本　株式会社トライ
https://www.try-sky.com

Printed in Japan
978-4-7505-1703-2　C0097

好評既刊

蜜のように甘く

イーディス・パールマン 著
古屋 美登里 訳

沈黙を抱える者たちの視線が交差し、気高い光を放つ。
胸に刻まれたその残像が、今も消えない。
――小川洋子さん

79歳の作家が贈る、全10篇の濃密な小説世界。

スヌーピーの父
チャールズ・シュルツ伝

デイヴィッド・マイケリス 著
古屋 美登里 訳

「PEANUTS」を何倍も楽しむための必読書!

世界中で愛される漫画を終生描き続け、桁違いの成功を収める一方で、常に劣等感に苛まれていた天才漫画家。その生涯を、膨大な資料と親族・関係者への取材により描き出す。作者の人生と重ね合わせることで漫画の隠された意味を解き明かし、アメリカで大きな話題を巻き起こした決定的評伝!

古屋美登里の翻訳ノンフィクション

人喰い ロックフェラー失踪事件
カール・ホフマン 著
奥野克巳（人類学者）監修・解説

帰還兵はなぜ自殺するのか
デイヴィッド・フィンケル 著

兵士は戦場で何を見たのか
デイヴィッド・フィンケル 著

シリアからの叫び
ジャニーン・ディ・ジョヴァンニ 著